Paul Katsitis

AF199958

Mykonos Crime 18
# LIBIDO

Paul Katsitis

Mykonos Crime 18

# Libido

Bisher erschienen in dieser Reihe (Deutsch/Griechisch)

## Serie 1:
Mykonos Crime 1 Die Bestie von Mykonos
Mykonos Crime 2 Rache
Mykonos Crime 3 Tattoo
Mykonos Crime 4 Der Drei-Sterne-Mord vergr.
Mykonos Crime 5 Inzest
Mykonos Crime 6 Skalpell
Mykonos Crime 7 Hass
Mykonos Crime 8 Sturm über Mykonos
Mykonos Crime 9 Die Maske
Mykonos Crime 10 Abseits
Mykonos Crime 11 Glut
Mykonos Crime 12 Putsch

## Serie 2:
Mykonos Crime 13 Royals
Mykonos Crime 14 Trauma
Mykonos Crime 15 Khaled
Mykonos Crime 16 Spione
Mykonos Crime 17 Botschafter
Mykonos Crime 18 Libido
Mykonos Crime 19 Carneval (Mai/Juni 20)

**Andere Mykonos-Bücher siehe Buchende**

**Impressum**
Titelbild: istockphoto/Shutterstock, Innenteil
Shutterstock
Copyright Paul Katsitis 2020: **Der Inhalt als auch Buch- und Reihentitel sowie der Autorenname sind urheberrechtlich geschützt oder unterliegen dem Titelschutz. Jedwede Verwendung ist strafbar.**

ISBN 9783751915328
Herstellung und Verlag: BoD- Books on Demand, Norderstedt

Jeder Band behandelt einen abgeschlossenen Fall, sodass die Bände nicht in der Reihenfolge gelesen werden müssen.

Alle Bücher der Serie wurden in Griechenland gesetzt. Da griechische Setzer keine deutschen Fehler erkennen können, finden sich in dem Buch sicher mehr Fehler als in einem normalen Buch. Aber so bleiben wenigstens ein paar Euro in Griechenland.

Passagen, die mit * markiert sind, werden im Anhang näher erklärt.

**Angelos Nikakis, 30**, war Hauptkommissar in Thessaloniki. Während eines Urlaubs auf Mykonos traf er Alex Galis, Kommissar auf Mykonos. Die beiden heirateten.
Ein Jahr später wurde Angelos Nikakis zum Bürgermeister gewählt. Der erste schwule Bürgermeister Griechenlands.
Alles lief perfekt – bis …

**Khaled Al-Massawi, 25,** zu einem Kurzurlaub auf Mykonos eintraf. Khaled war Kronprinz eines kleinen Emirats und verliebte sich unsterblich in Angelos, der plötzlich nicht mehr wusste, zu wem er gehört. Letztlich trennen sich Alex und Angelos – und Khaled und Angelos werden ein Paar.
Angelos Ex-Mann starb kurz darauf bei einem Einsatz.

Und dann gibt es noch: **Gabriel Markarov:**

Israeli und früher Mitarbeiter des Mossad. Er wurde auf Mykonos von einer Kugel getroffen und sitzt seitdem im Rollstuhl.
Angelos und Khaled nahmen ihn bei sich auf.

# 1

Mahmud Alawi lief ohne Pause durch sein Büro.

Wären dort nicht Perserteppiche gelegen, sondern Billigware – es wären schon Vertiefungen zu sehen. Es war nicht nur die tägliche Nervosität, die Alawi immer zu diesen Gebäudemarathons zwang. Heute war er selbst für die Verhältnisse des permanent angespannten Geheimdienstchefs des Iran mehr als unruhig. Kaum war die Krise um den abgeschossenen Ukraine-Jet beigelegt, bahnte sich die nächste Katastrophe an – nur auf einem anderen Spielfeld. Es ging um eine wirtschaftliche Entscheidung, auf die Alawi wartete.

Die Wirtschaft, die Achillesverse des Irans. Und das lag nicht nur an den Sanktionen. Der durch die Saudis manipulierte Ölpreis sorgte für enorme

Mindereinnahmen und dann gab es noch ein strukturelles Problem. Ein Großteil der Betriebe befand sich in den Händen der Revolutionsgarden. Und die haben von Wirtschaft oft so viel Ahnung wie Großmutter Leila, Allah sei ihrer Seele gnädig.

Wir müssten die Wirtschaft dringend reformieren. Geht es den Menschen nicht bald besser, fliegt uns der Laden auseinander. Ist die Versorgungslage besser, fällt auch die Revolution flach. Siehe China. Geht es einem gut, ein bisschen Luxus, nehmen die Menschen Einschränkungen der Freiheit hin.

Da Alawi wusste, dass die Flexibilität der Revolutionsgarden der von Spannbeton ähnelt, setzte er auf neue Projekte, die Einnahmen generieren würden.

Eines dieser Projekte stand nun zur Entscheidung an. Jahre der Vorbereitung konnten sich heute auszahlen oder in Luft auflösen.

Wie es sich für einen guten Geheimdienst gehörte – und der VEVAK war sicherlich einer der besten, weil fanatischsten –, saß man quasi mit am Tisch. Die Sitzung hatte um zwölf Teheraner Zeit begonnen. Jetzt war es schon 14 Uhr.

Griechen, dachte Alawi, der wie jeder Perser eine geschichtlich bedingte Abneigung gegenüber Hellenen hatte. Wahrscheinlich machen sie zu Beginn der Sitzung erst eine Pause.

Aber es wartete eben nicht nur Alawi auf das Resultat, sondern auch Chamenei – und vor dessen Zorn sollte man sich schützen, am besten durch gute Nachrichten.

Alawi ging zum Fenster und sah hinaus zum Golestan-Palast, der direkt neben der VEVAK-Zentrale in der Khorad Avenue lag.

Endlich hörte er das Knallen der äußeren Bürotür. Ein gehetzter Ali Alipour kam atemlos zur Türe rein. Er schüttelte den Kopf.

„Diese gottverfluchten Griechen", schrie Alawi. „Was haben sie beschlossen?"

Die Antwort gefiel Alawi noch weniger.

„Sie haben die Entscheidung vertagt. Kyros hat alles versucht, aber der PM warf alles über den Haufen", sagte Ali Alipour.

„Das wird die Laune Chameneis nicht bessern", knurrte Alawi.

„Hatte der jemals gute?", fragte Alipour.

Wie in allen Diktaturen nahm man im Geheimdienst oft kein Blatt vor den Mund. Auf der Straße konnte das tödlich sein.

„Warum straft mich Allah so?", fragte Alawi und schaute nach oben.

Weil du dein blödes Ding in Jungs steckst, dachte Alipour. Aber die Zeit, Alawi abzusägen, war noch nicht da. Die Vorstellung, seinen Chef am Baukran hängen zu sein, zauberte ihm ein Lächeln aufs Gesicht.

„Was gibt's zu grinsen?", fragte Alawi.

„Die Griechen haben keine Ahnung, was auf sie zukommt!"

„Stimmt. Premierminister Migiakis wird nicht wissen, wie ihm geschieht. Selber schuld!"

„Gott sei Dank haben wir Alternativen ausgearbeitet", sagte Alipour selbstbewusst.

„Gemach. Wir wissen, was alles schiefgehen kann! Wo steigt die Aktion?"

„Hängt vom Terminkalender des PM ab. Vorgesehen ist zwischen Santorin und Mykonos, in zwei Tagen", antwortete Alipour.

„Dann möge uns Allah beistehen und kein Nickerchen machen", sagte Alawi.

# 2

Bürgermeister und Kommissar Angelos Nikakis war sauer.

„Ich weiß nicht, was du hast. Nur, weil ich zum Friseur will", sagte Khaled mit unschuldigem Blick.

„Zum Friseur geht man vor Ort. Man fliegt nicht mit dem Jet nach Istanbul für einen Haircut. Das ist dekadent, instinktlos und schadet der Umwelt!", knurrte Angelos.

„Es gibt halt niemand, der mein Haar so schön in Form bringt!"

„Pass mal auf, dass ich dir nicht eines nachts die Haare mit einer Moulinex schneide", sagte Angelos.

„Du bist doch selbst eitel", hielt Khaled dagegen.

„Stimmt. Und wohin gehe ich zum Friseur?"

„Hier. Zum permanent besoffenen Pavlos", knurrte Khaled. „Ich möchte keine Schere im Auge!"
Angelos lachte.
Es stimmte. Pavlos war ständig betrunken, schuf aber wahre Kunstwerke. Besonders die Frauen waren begeistert und sorgten vor ihrer Dauerwelle für gute Stimmung im Salon.
„Außerdem hast du Haare aus Draht und meine sind dünn und brauchen Volumen", sagte Khaled.
Angelos lachte laut.
„Mich wundert nur, dass du ihn nicht hast einfliegen lassen!"
„Äh, ich hab´s versucht. Aber ein Saudi-Prinz hat sich für heute angekündigt!"
„Ah und daher muss der Kronprinz zum Propheten!"
„Du möchtest doch auch einen schönen Mann", sagte Khaled beleidigt.
„Ich HABE einen schönen Mann. Wenn es dich glücklich macht, dann flieg", gab Angelos nach.

Er überlegte, ob er Gabriel im Untergeschoss einen Besuch abstatten sollte, entschied sich aber dagegen. Zwar hatte Gabriel sich in eine Kugel geworfen, die für Angelos bestimmt war und saß deswegen im Rollstuhl. Er muss lernen, sich selbst zu beschäftigen. Gabriel bekam alle Hilfe von Angelos. Er hatte einen Aufzug einbauen lassen und als Nächstes würde sich Angelos um die Mobilität kümmern. Einen Freund lässt man nicht im Stich.
Zur Stabilisierung der Seele hatte Angelos Oralverkehr mit Gabriel und der war danach wie

verwandelt. Seine Augen hatten geleuchtet wie ein Fixstern.

Angelos war hin- und hergerissen, ob es richtig gewesen war. Beruhigt hatte ihn Alex, sein Ex-Mann, der verstorben war, mit dem er aber regelmäßig Zwiesprache hielt und der gesagt hatte: „Es hatte nichts mit Geilheit zu tun, du wolltest ihm zeigen, dass das Leben noch schöne Dinge parat hält. Und für Gabriel bist du halt …"

„Bitte sag es nicht!"

# 3

Der Mann war 53 – das, was früher als „alt" galt, nannte man nun „Best-Ager". Gerade in sexueller Hinsicht mag das stimmen. So mancher entdeckt ganz andere Seiten an sich, merkt, dass er bisher in der falschen Körperöffnung steckte und Fischgeruch nicht vermisste.

Leider aber hält die körperliche Beweglichkeit und die Funktionstüchtigkeit der Prostata mit den gesellschaftlichen Wandlungen nicht immer Schritt.

Antonis aber fühlte sich wie befreit und voller Tatendrang. Bis dato wusste er nicht, was Glück WIRKLICH bedeutet. Und Sex. Das, was er bisher erlebt hatte und für Sex hielt, war so erotisch wie Kartoffelschälen. Man bekam glitschige Finger

und hatte das dringende Bedürfnis die Hände –
und andere Teile – zu desinfizieren.

Der beste Ratschlag, den er je von einem Freund
erhielt, war, dass man jede Frau auf den Bauch
legen müsse. Das erhöht die Chance auf eine
Erektion erheblich.

Mit dieser Methode hatte er den sonntäglichen
Zwei-Minuten-Sport mit seiner Ehefrau über Jahre
vollzogen.

Dann machte er das, was alle Heteros machen. In
der Hoffnung, es sei nur mit seiner Frau so schlimm,
sucht er sich eine Geliebte, meist jünger. Und
dümmer.

So traf er Katarina, damals 22. Sie wusste
zumindest, dass man das Geschlechtsteil des
Mannes auch in den Mund nehmen kann. Wenn
Frauen dann noch begreifen würden, dass man
die Lippen über die Zähne stülpen muss, wären
viele Hetero-Männer schon zufrieden.

Dann aber erreichte die Liaison zwischen Antonis
und Katarina ihre kritische Phase. Antonis erzählte,
dass er zu einer Konferenz nach Madrid müsse.
Katarinas Kommentar lautete: „Ich liebe Italien.
Darf ich mit?"

Sie hätte ohnehin nicht mitgedurft. Aber Antonis
hätte gerne erlebt, wie lange es wohl gedauert
hätte, bis sie merken würde, dass sie in Spanien ist.
Wahrscheinlich gar nicht, dachte Antonis.

Als sie nicht wusste, dass Griechenland bis vor
Kurzem einen König hatte („Wirklich? Einen mit
echter Krone?") war Feierabend.

Es war ein lauer Frühlingsabend in Athen, als Antonis beschloss, nach einer Sitzung im Hotel „Grande Bretagne" nicht nach Hause zu gehen. Die Aussicht auf seine Frau im hellblauen Nacht-hemd und mit Lockenwicklern war zu frustrierend. Antonis nahm sich ein Zimmer und genoss die Ruhe der Suite. Natürlich bekam er sie umsonst. Dimitri, der Besitzer, war ein guter Freund. Antonis legte die Füße hoch.

Dann fiel ihm ein, dass er seit dem Morgen nichts gegessen hatte. Und so bestellte er ein Filetsteak. Es dauerte keine zehn Minuten, bis es klopfte. Der Zimmerservice, dachte Antonis. Aber er sollte sich täuschen. Es war die Inkarnation des Schicksals. Es war Pavlos.

Antonis konnte zunächst nicht sprechen, so fasziniert war er. Und Pavlos bemerkte es sofort. Er servierte das Steak und kam Antonis viel näher, als es normal gewesen wäre.

Und es war Antonis nicht unangenehm, im Gegenteil. Er vergaß jeden Hunger.

Pavlos sagte nur zu ihm:

„Ich komme in 15 Minuten wieder, um das Tablett abzuholen. Bis dahin können Sie sich überlegen, was Sie gerne als Dessert möchten!"

Pavlos grinste breit, ging zu Antonis und flüsterte ihm ins Ohr:

„Besonders zu empfehlen ist heute Pfirsich Melba an griechischem Jüngling!"

Und den Geschmack von Pfirsich würde Antonis sein Leben lang nicht vergessen.

Seine Exzellenz, der Premierminister Antonis Migiakis, hatte sich Hals über Kopf verliebt.

In Momenten der plötzlich auftretenden Liebe (oder bei Hormonschüben) schaltet sich der Verstand ab. Und das ist gut so. Jeder vernünftige Gedanke trägt das Element der Zerstörung in sich. Premierminister Migiakis dachte an nichts mehr anderes außer Pavlos.
Was ist mit meiner Ehe und meinen Kindern? Geschenkt.
Was machen die Medien und die geschätzten Parteikollegen aus der Sache? Ebenfalls geschenkt.
Der einzige Gedanke, der ihn beherrschte, war: ich will keine Minute meines Lebens ohne IHN verbringen. Zu den Verwirrungen, die auch Heteros ereilen, kommt bei Coming-Out-Best-Agern das Gefühl, in ihrem Leben vieles verpasst zu haben. Wie hätte mein Leben aussehen können, hätte ich es früher gemerkt.
Sicher. Meine ersten persönlichen Assistenten waren mehr als attraktiv und offensichtlich habe ich sie nicht nur wegen ihrer Qualifikation ausgesucht. Rückblickend gab es noch andere Situationen. Beim Empfang der Olympia-Mannschaft Griechenlands hatte Migiakis sich stundenlang fast ausschließlich mit den Herren unterhalten. Da die Männer alle Medaillen gewonnen hatten, war das doch ganz normal – redete sich der Premierminister ein.
Pavlos lag neben ihm und streichelte ihm über die Brust. Bei jeder Berührung spürte Migiakis einen elektrischen Schlag.

Pavlos lachte.

„Du stehst ja richtig unter Strom", sagte er.

„Das ist süß!"

Diese rehbraunen Augen, dieser perfekte Körper und dieses schöne Geschlechsteil.

Es kostete Migiakis nicht eine Minute, um sich auf den ersten Oralverkehr mit einem Mann einzulassen.

Als er an der Reihe war, wusste er, dass alles Bisherige nur ein unmotiviertes Lutschen war. Seine Frau hielt das Ganze ohnehin für Schweinekram. Sie war so orthodox wie ihre Mutter.

Migiakis lächelte bei dem Gedanken, beiden bei einem Gespräch zu erzählen, dass er einen 19-jährigen kennengelernt hatte, der wie ein Weltmeister bläst.

„Genug entspannt", meinte Pavlos und leckte Migiakis das linke Ohr.

„Was meinst du mit … oh! Äh, ich weiß nicht, ob …"

„Möchtest du etwa jetzt aufhören?", fragte Pavlos und kannte die Antwort schon.

„Nein. Aber bitte sei vorsichtig und hör bitte auf, wenn ich ‚Stopp' sage!"

Was du garantiert nicht sagen wirst, dachte Pavlos. Und so war es dann auch.

Schon beim Rimming bäumte sich Antonis´ Körper auf. Ganz langsam arbeitete sich Pavlos vor – erst ein, dann zwei und drei Finger. Als Pavlos mit der Penetration begann, glaubte Migiakis, jemand führe ihm ein Holzscheit ein, so hart fühlte es sich an. Kurz bevor er „Stopp" rufen wollte, merkte er, dass der Schmerz sich in wohlige Pein verwandelte.

Und dann brummte das Handy.

„Lass es", flüsterte Pavlos Antonis ins Ohr.

„Geht nicht. Bin der Premierminister!"

Es war Antonis´ Frau.

„Wo bleibst du?", keifte die Stimme aus dem Handy. „Das war das letzte Mal, dass ich für dich koche!"

Was angesichts der Kochkünste eine Erlösung für Gaumen, Magen und Darm sein würde.

Leider beschloss Pavlos, einfach weiterzumachen.

„Ich bin noch am ..uhhhh ar-beiten", presste Antonis hervor.

„Was zum Teufel treibst du da?", bellte sie durchs Telefon.

Schon immer hatte sie den Verdacht, ihr Mann halte es mit der Treue nicht so genau.

„Be-e-sprechung, k-k-eine Zeit!"

„Seit wann stotterst du denn?", hakte sie frauen-typisch nach. Immer alles wissen wollen, dachte der kleine Teil von Migiakis Gehirn, der noch auf Notbetrieb lief.

„ICH ARBEITE. ENDE!", brüllte Migiakis.

Pavlos zog eine Schnute.

„Hätte ich aufhören sollen?"

„Nein. Und du machst sofort weiter!", sagte Migiakis.

Hat er überhaupt einen Gummi drüber?, schoss ihm durch den Kopf.

Scheiß egal. Mach einfach weiter!

Aaaaah!

# 4

Am Abend lag Angelos im Bett – Khaled war noch am Flughafen in Istanbul.

„Wann kommt dein frisch ondulierter Mann zurück?", fragte Alex, der Mann, der tot war, aber dennoch immer wieder mit Angelos sprach – in dessen Träumen oder nachdenklichen Phasen.

„Ich denke, es wird Mitternacht. Hoffentlich hat er keine Lockenwickler im Haar, sonst fliegt er raus", sagte Angelos grinsend.

„Das heißt, wir sind alleine, oder?", fragte Alex.

„Außer es springen hier noch ein paar Hilfsengel herum wie du!", antwortete Angelos.

„Dann wäre es doch Zeit für etwas Sex?", fragte Alex.

Angelos stutzte.

„Äh, du bist tot. Außerdem ist das Khaleds und mein Bett! Wäre etwas deplatziert!"

„Da hast du recht. Aber Sex findet ja meist im Kopf statt!"

Angelos lachte.

„Ja, aber Oralverkehr im Kopf hat nicht den gleichen Effekt wie richtiger. Und er ist nicht so klebrig!"

Alex stöhnte.

„Wie ich den Pfirsichgeruch vermisse!"

Angelos lächelte.

„Was möchtest du denn von mir?"

„Du könntest in die Dusche gehen und das machen, was ich dir sage!"

„Aha. Der Herr Engel hat eine Erektion. Sauberer Himmel", sagte Angelos lachend.

Angelos ging unter die Dusche.

„Hol den Dildo aus der Schublade", sagte Alex.

„Warum? Hier im Haus sind in der Regel zwei Männer, dir mir etwas Echtes reinschieben würden. Oder soll ich eine Solo-Nummer nur für dich starten?"

„Das wäre nett. Der alten Zeiten wegen!", sagte Alex leise.

„Natürlich. Entschuldige. Kein Problem. Dann sorgen wir mal für Wasser. Siehst du alles?"

„Heb deine Arme. Deine Achseln. Schade, dass ich nicht mehr …"

„Und jetzt schieb dir schön langsam das Teil rein", sagte Alex.

„Ich kann genau hören wie du sabberst", antwortete Angelos lachend.

Das Lachen war der Fehler.

Angelos glitt aus, knallte gegen die Fliesen an der Rückwand und rammte sich den Dildo in den Körper.

„AUUAAAA!"

„Oh Scheiße", sagte Alex. „Es tut mir leid!"

„Verflucht. Das Ding brummt sogar noch. Und was tue ich jetzt?", fragte Angelos.

„Fahr in die Klinik!"

„Zu André? Da kann ich gleich ein Foto bei Facebook posten. Bürgermeister rammt sich Dildo in den Arsch!"

„Stimmt. Dann Khaled?"

„Ich weiß nicht, wann er kommt", sagte Angelos.

„Dann bleibt nur Gabriel, Großer! Der freut sich, wenn er an deinem Hintern herumschrauben darf!"

„Sehr witzig, du Dildo-Engel!"

Angelos lief zum Aufzug und war sehr dankbar, dass der sich äußerst vorsichtig in Gang setzte.

Er klopfte an Gabriels Tür. Erst als er Gabriels erstauntes Gesicht sah, bemerkte Angelos, dass er noch immer nackt war.

„Ist schon Weihnachten?", fragte Gabriel.

„Schau in mein Gesicht, dann weißt du, dass eher Volkstrauertag ist!", knurrte Angelos.

„Was brummt hier eigentlich?", fragte Gabriel und blickte zur Decke. Hat die Lampe einen Wackelkontakt?

„Das bin ich", sagte Angelos. „Ich erzähle es dir, aber unterstehe dich zu lachen!"

Dann gab er sein Missgeschick zum Besten.

„Du hattest Sex mit einem Toten?", fragte Gabriel.

„Eher Masturbieren mit einem Toten. Hattest du noch nie im Traum Sex mit mir?", fragte Angelos.

„Äh, wir beide hatten richtigen Sex", sagte Gabriel.

„Halben", widersprach Angelos und lachte.

„Ist auch egal. Du musst mir helfen, dieses blöde Ding da rauszubekommen!"

„Ich bin durch meine Beine nicht sehr beweglich", gab Gabriel zu Bedenken.

„Du solltest mir auch nicht dein Bein einführen und das Ding mit den Zehen herausholen. Du rutscht zwischen meine Beine und versuchst es mit den Fingern. Prinzip verstanden?"

„Ja, aber der Muskel muss ja erst gedehnt werden", sagte Gabriel.

Angelos musste lachen. „Du nutzt mich aus. Schäm dich! Mach, was du für nötig hältst, aber es wird nichts hineingesteckt. Kein Platz mehr!"

Und Gabriel war überaus gefühlvoll. Dann führte er nacheinander drei Finger ein.

„Der Noteinsatz beginnt mir zu gefallen", sagte Angelos.

„Ich hab ih … Mist!", sagte Gabriel, aber Angelos hatte es schon gemerkt. Das Ding war noch tiefer hineingerutscht.

„Kannst du in die Küche fahren?", fragte Angelos.

„Dank deinem Aufzug, klar!"

„Dann hol die kleine Grillzange. André hat mir erzählt, es sei das beste Werkzeug für Rektal-unfälle. Aber mit Desinfektionsmittel bitte!"

Gabriel rollte hinaus.

Dabei sagte er: „Selbst da schmeckst du nach Pfirsich!"

Kurz darauf war Gabriel zurück. Die kleine Grill-zange passte hinein. Nun hieß es zupacken, ohne den Dildo noch weiter hineinzutreiben.

„Wenn das Ding nur aufhören wurde zu brummen", jammerte Gabriel.

„Frag mich mal", sagte Angelos.

Dann hatte Gabriel es geschafft und zog das Corpus delicti heraus.

Beide atmeten auf.

Und just in dem Moment kam Khaled herein.

„Es ist nicht so, wie du …", begann Gabriel mit hochrotem Gesicht.

„Versuch´s erst gar nicht. Er glaubt uns sowieso nicht", ergänzte Angelos.

„Er wird mich rausschmeißen", sagte Gabriel entsetzt.

„Du hast mir geholfen. Und hier fliegt niemand raus. Soweit kommt´s noch!!", versuchte Angelos Gabriel zu beruhigen.

„Während der Herr beim Haareschneiden war, hast du mir geholfen. Ich hätte mir ´ne Sepsis einfangen können. Und das werde ich Khaled deutlich sagen!" Und auch Alex, fügte Angelos in Gedanken hinzu.

# 5

Ich glaube dir kein Wort", sagte Khaled mit hochrotem Kopf.
Würde ich auch nicht, dachte Angelos. Wie soll man jemand erklären, dass man Sex mit dem toten Ex hatte. Noch schlimmer: dass man mit ihm spricht und ihn auch noch hört.
Fünf Jahre jünger hätte ich die Männer in den weißen Kitteln gerufen. Jetzt weiß ich, dass Dinge existieren, für die es keine logische Erklärung gibt. Und eine solche zu suchen, ist müßig und überflüssig.
Angelos freute sich, dass Alex irgendwie noch da war. Er liebte Alex noch immer, aber das lief der Liebe zu Khaled nicht zuwider. Das eine war die Liebe in einer Parallelwelt, das andere Liebe im hier und jetzt.
Khaled ist zu jung, um das verstehen zu können. Und ob der Koran so etwas vorsieht: keine Ahnung.

Angelos entschloss sich, hart an der Wahrheit zu bleiben. Dass es Alex war, der die Dildo-Geschichte in Gang setzte, ließ er weg.

„Himmel, ich habe onaniert. Na und? Sag nicht, dass das für dich etwas Neues ist!"

„Ein verheirateter Mann onaniert nicht", stellte Khaled fest.

„Vielleicht in den Emiraten nicht. Bei uns schon. Bei euch kennt man auch keine Handschellen, kein Rimming und kein Fisten!"

„Fis ... was?", fragte Khaled.

„Vergiss es", sagte Angelos, der Fisten selbst nicht mochte.

„Es war ein Unfall. Ausgerutscht, Dildo rein, Grillschere und Dildo raus. Was regst du dich auf? Du warst ja beim Ondulieren. Was hätte ich deiner Meinung nach machen sollen?"

„Klinik", war Khaleds Antwort.

„Super Idee. Das Foto wäre der Hit auf Twitter geworden. Hashtag dildoimarsch. Oder glaubst du, André kennt das Wort ‚Schweigepflicht'?", knurrte Angelos, den es zunehmend nervte, dass er als Unfallopfer sich rechtfertigen musste.

„Also blieb nur Gabriel. Und wenn das Ding im Hintern steckt, muss er es rausholen. Das hat doch nichts mit Sex zu tun. Mein Orgasmus hielt sich sehr in Grenzen. Und von innen zu vibrieren ist kein Spaß! Aber du kannst mir ja vor jedem zukünftigen Friseurbesuch ein Siegel über das Rektum kleben!"

„Aber du weißt schon, dass Gabriel die Situation sicher gefallen hat", sagte Khaled vorwurfsvoll.

„Ich hatte andere Probleme als die Frage, wer da herumstuttert. Ende der Diskussion", sagte Angelos.

„Siehst du, was du angerichtet hast?", sagte Angelos zu Alex, musste aber lachen.

„Niemand hat gesagt, dass du den Monsterdildo nehmen sollst!"

„Und wer bitte hat ihn gekauft?", fragte Angelos.

„Ähem. Ja, nun … Bist du mir böse?", fragte Alex.

„Aber nein. Bitte lass dir für das nächste Mal ein anderes Szenario einfallen", sagte Angelos leise lachend.

„Was gibt es zu lachen?", fragte Khaled.

„Ich stelle mir gerade vor, wie du schaust, wenn ich dir ‚Fisten' erkläre!"

„Wir könnten …", begann Khaled.

„Danke. Ich bin für heute bedient!"

„Aber meiner brummt nicht", wand Khaled ein.

Angelos lachte.

„Keine Sorge. Morgen kannst du von mir aus sogar brummen!"

# 6

Kreuzfahrtschiff Aegean Queen, zeitgleich

Resa war nervös. Der Zeitplan musste reibungslos funktionieren.
Nichts durfte schiefgehen, ansonsten ist meine Karriere beim VEVAK beendet. Und was macht man mit 45 und Familie in einem Land, in dem der Geheimdienst alle Lebensbereiche durchdringt.

Gut, wir sind zu dritt.

Auch wenn Reza von seinen jungen „Mitarbeitern" nicht viel hielt. Aber er musste zugeben, dass sie in den letzten drei Tagen fehlerfrei gearbeitet haben. Vier Wochen lang wurden sie an Bord eines Kreuzfahrtschiffs im Schwarzen Meer trainiert. Als Stewards oder Personal Butlers. Man hatte keine Kosten gescheut und extra einen Lehrer der Butlerschule in Den Haag verpflichtet.

Rezas Kollegen waren keine Landeier, sondern vorher Flight Attendants bei IRAN Air und zwar in der First Class.

Doch sie hatten ein Problem, das sie mit vielen Iranern teilten. Sie sprachen nur Farsi und ansonsten nichts. Selbst mit Arabisch hatten sie Probleme. Der Crash-Kurs Englisch hate Reza fast in den Wahnsinn getrieben.

Er hatte in Teheran geschrien, es war ihm egal.
„Es geht einfach nicht, dass irgendjemand, der im Ausland arbeitet, nicht mindestens zwei Fremdsprachen spricht und zwar so, dass er als Einheimischer durchgeht!" Es gab nicht einen

Agenten, der Hebräisch sprach. Und dies bedeutete: man war auf Verräter angewiesen, ohne jede emotionale Bindung zum Iran, zur gemeinsamen Sache. Ausgenommen ein paar Palästinenser, aber die waren notorisch unzuverlässig.

Reza wohnte dem letzten Ausbildungstag bei. Man hatte die Strategie gewechselt. Möglichst wenig sprechen. Nicken. Und dann den Wunsch des Kunden von der Zentrale übersetzen lassen. Im Test funktionierte das gut.

Drei Tage musste die Tarnung halten. Bei der Bewerbung und den zwei Tagen Fahrt.

Die Bewerbung stellte kein Problem dar, denn in Athen würde man dafür sorgen, dass einige Herren des Servicepersonals im Hafenviertel von Piräus verschwinden. Die Panik auf der „Aegean Queen" würde groß sein. Wo sollte man so schnell Ersatz herbekommen? Man wäre hocherfreut, kurzfristig kompetentes Personal aufnehmen zu können.

Die Phase danach würde schwierig. Die anderen Butler, die Gäste – vieles konnte schiefgehen. Aber es war schlicht zu wenig Zeit, um Sicherheitsnetze oder Alternativpläne auszuarbeiten.

Reza seufzte.

Aber dieses Argument – und es war gewichtig – würde ihm bei einem Scheitern nicht helfen.

Doch Reza verstand Teheran. Die Information war Gold wert und könnte für eine drastische Verbesserung der Lage sorgen. Und die war dringend nötig.

Rezas Handy brummte.

Die Stewards der „Aegean Queen" waren planmäßig mittels Ketamin im 24-Stunden-Schlaf und bekämen noch zwei weitere Portionen.

72 Stunden. Dann wäre alles vorbei.

„Ashkan! Mehdi! hört auf zu trödeln. Wir müssen los!"

Mit einem der berühmten schwarzen Transporter fuhren die drei nach Piräus.

Reza fragte sich, ob die schwarzen Wagen nicht auffälliger waren als knallgebe mit Biene obendrauf. Er lächelte.

Da lag sie, die „Aegean Queen". Ein Riesenschiff für 3.800 Passagiere.

Reza deutete auf einen Containerbau.

„Dort meldet ihr euch. Ich beziehe die Kabine und ihr meldet euch, sobald ihr an Bord seid! Und keine Fehler!"

# 7

Ich muss für einen Tag nach Athen", sagte Angelos zu Khaled.

„Und wie üblich sagst du mir hinterher, warum!"

„Du weißt gar nicht, wie schön es ist, nicht dauernd ‚warum?' zu hören. Allein dafür muss man dich lieben. Ich verspreche dir zwei Dinge: ich kaufe keinen Dildo und es ist etwas, was auch dir zugutekommt!"

Angelos lächelte.

„Dann rufe ich den Flughafen an", sagte Khaled.
„Mein Prinz, es gibt einen Linienflug für 39 Euro.
Man muss keine Tonnen von Kerosin in die Luft
blasen", sagte Angelos.

„Wieso? Wir haben genug davon", antwortete
Khaled mit unschuldiger Miene.

Einem Emirati etwas von globaler Erwärmung zu
erzählen, ist gelinde schwierig.

„Aber ich muss ohnehin mit der Fähre zurück. Das
Teil ist etwas größer!"

Khaled zog die Augenbraue hoch.

„Na, da bin ich mal gespannt. Gut, dann
verbessere ich später meine Grillkünste. Und heute
will ich Sex, sonst nehme ich die heiße Grillzange
mit nach oben!"

Angelos lachte.

„Du fühlst dich vernachlässigt, weil ich eine Nacht
aussetzen musste?!"

„Nein, passt schon. Und, was du mitbringst, gefällt
mir?"

„Nun, es wird dich beruhigen und die Stimmung
im Haus verbessern!"

„Ist die Stimmung zwischen uns schlecht?", fragte
Khaled.

„Ich merke, dass du angespannt bist und ich weiß,
warum. Es wird ab morgen besser. Wart´s ab",
sagte Angelos und umarmte Khaled.

„Es war ein bisschen viel die letzte Zeit. Aber wir
leben beide noch. Hätte auch anders kommen
können. Und die Flitterwochen holen wir in den
nächsten Wochen nach. Wir hatten zwei Tage! Ist
mein Prinz zufrieden?"

Khaled strahlte.

„So gefällst du mir", sagte Angelos.

Am Abend hörte man vor der Villa von Angelos und Khaled Nikakis ein lautes Röhren.

Khaled kam nach draußen, um zu sehen, wer zum Teufel einen solchen Krawall machte.

„Den Grill schon angeworfen?", fragte Angelos, als er aus dem Auto stieg.

„Äh, noch ein Auto? Und was ist mit der Klimaerwärmung?", fragte Khaled.

„Punkt für dich", sagte Angelos und küsste seinen Ehemann.

„Ist das überhaupt ein Auto? Es sieht aus wie ein Rollator mit Schutzblech", sagte Khaled.

Angelos lachte.

„Tja, ist keine Stretchlimousine, aber wir sind auch nicht in Dubai!"

Das war ein Fehler.

„Pah! Dubai. Ich bin aus Fudscheirah. Aber bei uns ist das da … eine Gemüsekiste mit Rädern. Und wozu?"

Zur Klarstellung: es war ein Smart.

„Dass da ist Gabriels Auto. Und bevor du jetzt hochgehst, hör mir zu. Er muss da unten raus, sonst wird er verrückt. Und du auch. Mit dem Auto ist er wieder mobil und glaube mir, er wird viel unterwegs sein. An der Seite ist eine Halterung für den Rollstuhl, die auf Knopfdruck nach vorne oder hinten fährt, damit Gabriel ihn befestigen oder entriegeln kann – ohne Hilfe. Die Sitzfläche beim Smart ist höher als bei anderen Autos und Gas und Bremse werden über Hebel gesteuert. Ich werde ihn jeden Tag nach draußen schicken. Und als Nächstes braucht er einen Job und dann haben wir wieder ein normales Zuhause. Hoffe ich zumindest. Ich konnte ihn …", begann Angelos.

„Ich weiß schon. Du konntest ihn nicht hängen lassen. Ich war auch nicht sauer auf dich oder auf Gabriel. Ich war sauer auf die Situation, auch wenn keiner etwas dafürkonnte!"

„Na ja, der, der Gabriel die Kugel verpasste, kann schon was dafür. Aber der war schon zehn Minuten später von der Insel runter. Den kriegen wir nie", sagte Angelos und schaute gleichzeitig Khaled zweifelnd an.

„Sehe ich es falsch?", fragte er.

Doch Khaled nahm Angelos in den Arm.

„Hoffentlich weiß Gabriel, was er an dir hat. Aber ich bin froh, dass wir bald ein wenig Privatleben haben!"

„Wie gesagt. Der Job ist das Nächste. Alles auf einmal schaffe ich aber nicht", sagte Angelos.

„Das verlangt doch auch niemand. Ich helfe dir, wo es geht. Ich hatte nur Angst …"

„ …dass es ein Dauerzustand wird", ergänzte Angelos.

Khaled nickte.

„Alles Schritt für Schritt. Und in den Flitterwochen sind wir zu zweit", sagte Angelos lachend.

„So und jetzt erklären wir unserem Gast, wie diese Gemüsekiste funktioniert!"

# 8

Ägäis – zwischen Santorini und Mykonos

Antonis Migiakis saß an der Bar an Bord der „Aegean Queen". Außer ein paar Griechen erkannte ihn niemand. Seit dem Ende der Eurokrise ist Griechenland vom Schirm der Medien verschwunden. Und Chinesen oder Amerikaner wussten wahrscheinlich gar nicht, in welchem Land sie sich gerade befanden, außer ihr Handy zeigte es ihnen an.

Nicht im Traum hätte Migiakis daran gedacht, je ein Kreuzfahrtschiff zu betreten. Zu viele Menschen und der Gestank des Schweröls – es war für ihn nur schwer zu ertragen.

Anfangs befürchtete er, dass ihn alle fünf Minuten jemand ansprechen und einen Vortrag über die Fehler seiner Politik halten würde. Doch er profitierte von der Globalisierung: vom Personal, das man sehen konnte, waren die wenigsten Griechen und im Bauch des Schiffs waren ohnehin nur Filipinos.

In Athen hatte er erklärt, dass er drei Tage Pause bräuchte, schließlich habe auch ein Premierminister das Recht auf eine Pause. Jeder in der Villa Maximos, dem Amtssitz, war klar, dass Migiakis die drei Tage sicher ohne seine Frau verbringen würde. Das angespannte Verhältnis war allseits bekannt. Seine „Nebentätigkeit" jedoch blieb unentdeckt. Es bedurfte enormer Vorsichtsmaßnahmen und in Zeiten von

Smartphones kann sich niemand mehr unbemerkt bewegen – nicht einmal der normale Bürger. Also hieß es für Migiakis, sich wie ein Terrorist zu verkleiden. Mütze tief in die Stirn ziehen oder einen großen Hut tragen und ohne große Sonnenbrille ging gar nichts. Migiakis kannte einen Taxifahrer gut. Nikos war absolut vertrauenswürdig. Migiakis stieg als Premier ins Taxi ein, zog sich im Wagen um und Nikos bewahrte das Outfit bis zur Rückverwandlung auf.

Bisher jedenfalls blieben Migiakis´ Ausflüge unentdeckt. Was er tun würde, wenn die Geschichte auffliegt – es war ihm egal. Er verhielt sich wie jeder, der einem anderen Menschen verfallen war.

Die letzten Wochen waren ein Rausch der Sinne und er empfand etwas, das er noch nie zuvor gefühlt hatte: pures Glück.

Sein anfängliches Misstrauen, das in wenigen hellen Momenten hochgekrochen war, hatte Pavlos weggeblasen und -gestoßen. Zu Migiakis´ größter Freude war der Junge intelligent und gebildet. Seine Meinungen waren fundiert. Mitunter sprachen sie Stunden über die Ungerechtigkeiten der Welt. Und wie jeder junge Mensch beklagte Pavlos den grenzenlosen Kommerz und vor allem der Wahn- und Unsinn der fahrenden Hochhäuser, Kreuzfahrtschiffe genannt.

Umso erstaunter war Migiakis, als er erfuhr, dass Pavlos im „Grande Bretagne" gekündigt und auf einem Schiff angeheuert hatte.

„Es ist sicherer für uns", sagte Pavlos. Wechselnde Passagiere, alle aus dem Ausland. und wechselnde Häfen seien besser als ein Hotel in Athen. Die Geschwätzigkeit des Menschen siegt letztendlich über die Diskretion.

Migiakis hatte nur ein Problem: er wurde leicht seekrank. Ganz Griechenland hätte gelacht, hätten sie es denn gewusst. Dass Migiakis noch ein weiteres Geheimnis verbarg, ahnten sie nicht.

Migiakis versuchte, so gelassen wie möglich zu sein, aber er war so nervös wie bei den zwanzig Treffen zuvor.

Es kribbelte.

Mein Gott, ich bin 53 und keine 17.

22.45 Uhr. Noch fünfzehn Minuten, dann ist es soweit. Migiakis merkte, wie sein Hormonspiegel stieg.

Das Ganze hat keine Zukunft und endet in einer Katastrophe.

Es ist mir egal und ich genieße jeden Augenblick, ich lebe nur einmal und ich habe genug Zeit verschwendet.

Migiakis hielt es nicht mehr aus und verließ die Bar. Er fuhr mit dem Aufzug nach oben, wo die größeren Kabinen - oder besser: Suiten – lagen.

Er zog die Chipkarte aus der Hosentasche und merkte, dass seine Erektion zunahm.

Zumindest brauche ich kein Viagra, eher im Gegenteil.

Soll ich mich schon ausziehen, fragte er sich.

Nein, das würde Pavlos vielleicht verletzen. Und das war das Letzte, was Antonis wollte.

Er schaute auf die Uhr. Noch zwei Minuten.

Hoffentlich muss er keine Überstunden machen, bangte er.

Aber pünktlich klopfte es an der Tür. Migiakis zwang sich, nicht zu rennen.

Pavlos strahlte.

Er liebt mich tatsächlich, dachte Migiakis.

„Antonis! Den ganzen Tag hab ich dich vermisst!" Es war eine stürmische Begrüßung.

„Wie war dein Tag, alter Mann?", sagte Pavlos grinsend.

„Ich wünschte, du würdest einen anderen Spitznamen für mich finden", sagte Antonis.

„Wie wäre es mit Premierminister?", schlug Pavlos vor.

„Sehr witzig!"

Pavlos dachte nach.

„Hase?"

‚Hase' hatte ihn seine Frau genannt, aber nur bis zur Hochzeit. Danach lautete Antonis´ Name „Hol mal" oder „Mach mal" und noch mehr: „Zahl mal"!"

Im Übrigen würde es wirklich Zeit für einen Decknamen.

„Hase hat auf dem Deck gelegen und gelesen. Mit großem Hut und Brille. Ich verstehe nicht, was die Leute an diesen Schiffen finden. Viel zu viel Leute. Ich kriege fast überall Platzangst", beschwerte sich Antonis.

„Komm, leg dich hin", sagte Pavlos.

Antonis ließ sich nicht zwei Mal bitten.

„Aber du musstest arbeiten. Das war bestimmt schlimmer!"

„Worauf du wetten kannst. Ich hasse Chinesen und Araber. Das war schon im Hotel so. Die einen benehmen sich wie Schweine, die anderen sind großkotzig!"

Antonis lachte.

„Diplomat wirst du keiner", sagte er.

„Was werde ich dann?", fragte Pavlos.

„Wie meinst du das?"

„So wie ich es sage. Wann hört das Versteckspiel auf? Ich halte das nicht länger aus. Was hindert dich daran, dich öffentlich mit mir zu zeigen?", fragte Pavlos.

Und Antonis fielen auf Anhieb 247 Gründe ein. Mit Grausen stellte er sich die Reaktion seiner Frau vor. Viel schlimmer wären die Medien. Und vor allem die eigenen Parteifreunde. Konservativ bis ins Mark.

„Man würde mich verspeisen. Griechenland ist nicht bereit für einen schwulen Premier!"

„Das glaube ich nicht. Mykonos hat einen schwulen Bürgermeister und der ist überall beliebt", hielt Pavlos dagegen.

Mein Freund Angelos Nikakis, dachte Migiakis.

„Das stimmt. Wir kennen und mögen uns. Aber Mykonos ist ein Kosmos für sich. Und Nikakis ist eher ein Diktator denn ein Bürgermeister! Aber ein guter", fügte Migiakis hinzu.

„Lenk nicht ab. Ich will nicht nur ein Callboy sein, den du bestellst", knurrte Pavlos.

Antonis erschrak.

„Ich habe dich nie als Stricher betrachtet und das weißt du ganz genau. Ich ..."

„Was?"

„Ich liebe dich", sagte Migiakis.

„Na endlich", antwortete Pavlos und begann, Antonis über die Brust zu streicheln.

# q

anach war Antonis Migiakis tatsächlich soweit, in Erwägung zu ziehen, das Versteckspiel zu beenden.

„Ich müsste zurücktreten", sagte er leise.

„Und hättest endlich deine Ruhe – und mich", antwortete Pavlos. „Wir könnten tun, was wir wollen. Du könntest dich endlich scheiden lassen und vielleicht möchtest du mich heiraten?"

Pavlos streichelte zärtlich Migiakis´ Geschlechtsteil. Daher war die Vorstellung gar nicht mehr so absurd.

Warum nicht? Geld hätte ich genug, dachte Antonis. und wie gerne würde ich meine Alte in die Wüste schicken. Gut, die Kinder wären weg. Ihnen einen 19-jährigen als neue Mutti vorzustellen, wäre sicherlich schwierig.

„Möchtest du das wirklich? Du bist jung, die Welt steht dir offen! Willst du dich an einen 53-jährigen binden? Ich kann nicht mit dir um die Häuser ziehen. Da fehlt mir die Kondition. Und was passiert mit mir, wenn du dir nach ein paar Monaten einen anderen suchst?"

Pavlos sah ihm tief in die Augen.

„Ich will keinen anderen. Oder hast du das in den letzten Wochen nicht gemerkt? Siehst du in meinen Augen nicht, dass ich dich liebe, alter Mann?"

„Wir hatten doch …"

„Es war ein Scherz, Antonis, mein Hase!"

Pavlos begann an Antonis´ Ohr zu lecken. Etwas, was Migiakis in eine Art wohligen Wahnsinn trieb.

In diesem Moment wurde ihm klar: ich will nicht mehr ohne ihn leben.

„Gut. Wenn du es wirklich möchtest, reden wir morgen darüber, wie wir es anstellen", sagte Migiakis.

„Ich dachte, wir wüssten schon, wie wir ‚es' anstellen", sagte Pavlos grinsend.

Migiakis lachte.

Anzüglich reden war ihm unbekannt. Seine Frau sprach beim Sex grundsätzlich nicht. Gut, sie lag meist auf dem Bauch.

„Du könntest es nochmal sagen", meinte Pavlos, Migiakis über den Kopf streichelnd.

„Was?"

Pavlos zog eine Schnute. Richtig süß.

„Ach so. Ich liebe dich!"

„Lauter!"

„ICH LIEBE DICH!"

„Und ich liebe dich auch. Und das zeige ich dir jetzt noch einmal", schnurrte Pavlos.

„Ich weiß nicht, ob ich noch einmal …"

„Keine Sorge. Das haben wir gleich", sagte Pavlos. Es dauerte keine zehn Sekunden.

Antonis Migiakis war gerade ins sexuelle Nirwana abgetaucht, als er ein lautes Krachen hörte. Viel sehen konnte er nicht, denn er lag auf dem Bauch. Er hörte ein „Plopp", Pavlos´ kurzen Aufschrei und dann bemerkte er, dass die Spannung aus Pavlos Körper wich. Schließlich knallte Pavlos auf den Boden. Er war bewusstlos – oder tot. So viel konnte Migiakis jetzt sehen. Er drehte sich um und zog als erstes das Laken über seinen Körper.

Zwei vermummte Männer standen im Raum.
Einer hielt eine Waffe in der Hand.
Trotz der Haube konnte Migiakis erkennen, dass einer der Angreifer grinste.
„Der Herr Premierminister mit Erektion. Putzig!"
Migiakis erschrak. Sie wussten es. Wieviel wussten sie? Und: spielt es überhaupt eine Rolle?
Antonis versuchte, aufzustehen, um nach Pavlos zu sehen. Sollte er tot sein …
„Liegenbleiben!", befahl der zweite Mann.
„Aber schon süß, unser Sugar-Daddy", sagte der andere.
„Zu Ihrer Beruhigung: er schläft nur ein bisschen!"
Migiakis war erleichtert.
„Und auch Sie machen jetzt ein kleines Nickerchen!", sagte Mann zwei.
Migiakis hörte ein weiteres „Plopp".
Dann wurde es Nacht.

# 10❂

Khaled stand im Flora-Supermarkt im unteren Teil von Ornos. Angelos hatte ihn zum Einkaufen geschickt. Etwas, was sie bisher immer zu zweit machten, denn Khaled hatte ein größeres Problem: er sprach kein Griechisch und so konnte er manche Schilder oder Warenbeschreibungen schlicht nicht lesen. Und nur die Hälfte war zusätzlich in Englisch.

„Was sollen diese Krakel eigentlich? Das ist vorsintflutlich", beschwerte sich Khaled immer. Und Angelos musste jedes Mal lachen.

„Diese Krakel gab es schon, da hat deine Familie noch in die Wüste geschissen!"

Man muss wissen: jeder, wirklich jeder Grieche sieht „seine" Kultur als Ursprung von allem. Ohne Griechen keine Römer. Ohne Griechisch kein Latein. Es folgt meist eine endlose Litanei, die immer weit über das Ziel hinausschießt.

„Ich bitte mir doch ein wenig Respekt aus. Ich bin Prinz in einer königlichen Familie, wenn auch kein Kronprinz mehr. Darauf habe ich dir zuliebe verzichtet!"

„Ich habe es nie von dir verlangt", knurrte Angelos, dem das „dir zuliebe" sauer aufstieß. Und Khaled bemerkte es.

„Entschuldige. Es war meine freie Entscheidung!"

„Bereust du sie, wenn du so etwas sagst?"

„Nein. Keine Minute. Lass uns nicht streiten", sagte Khaled.

„Tun wir nicht", antwortete Angelos sanft.

Jedenfalls stand Khaled in besagtem Supermarkt und hatte neben der Schrift noch ein weiteres Problem: wozu war was da? Den Zusammenhang Mehl – Brot sah er. Aber zu was brauchte man Zazi-Tsatsi-Zaki-Herrgott. Er ging zu einer Verkäuferin und sagte:

„Ich gebe Ihnen zwanzig Euro, wenn Sie mir diese Sachen in den Korb packen!"

Dann gab er der jungen Frau die Liste.

„Aber gerne, Herr Nikakis!"

Nikakis. Die Leute akzeptieren es. Es freute Khaled, zumal es die Erfüllung eines Traums war. Er schüttelte sich, als könne er es noch immer nicht glauben.

Eine Stunde später war er zuhause und stellte die Taschen in der Küche ab. Angelos und Gabriel saßen in der Küche.

„Möchte der Prinz des Supermarktes einen Espresso?", fragte Angelos und küsste Khaled auf den Mund.

Als Angelos die Tüten ausgepackt hatte, sah er die Waren kritisch an.

„Es ist alles richtig. Du hast einer Angestellten 50 Euro gegeben und die hat alles gesucht, oder?"

„Äh, es waren 20 Euro", sagte Khaled.

Angelos lachte.

„Du bist berechenbar, mein Prinz und einfach süß!"

„Das Ergebnis zählt!"

„Ja. Aber das Zeug brauchen wir gar nicht", sagte Angelos betont beifällig.

„BITTE? Du hast mich zum Spaß in diese Hölle geschickt? Schreiende Kinder. Nach Schweiß riechende Touristen?", knurrte Khaled.

„Ehrliche Antwort: ja", antwortete Angelos.
Er sagte bewusst nicht mehr.
„Und warum, zum Teufel? Ah. Du und Gabriel. Ihr wolltet euch lustig über mich machen!"
„Nein, mein Prinz. Und schade, dass du mir so etwas zutraust", sagte Angelos.
„Und du liegst daneben: ich wollte dich aus dem Haus haben, damit ich die Koffer packen kann. Wir fliegen morgen in die Flitterwochen, na ja, eher Flittertage. Hatte ich dir versprochen", sagte Angelos grinsend.
„Jetzt steh ich aber als richtiges Arschloch da", sagte Khaled zerknirscht.
„Stimmt", sagte Angelos.
Aber er lächelte. Khaled freute sich und nur das war wichtig.
„Ich habe noch eine andere Idee und ich möchte sie mit dir besprechen", sagte Angelos.
„Du möchtest etwas *vorher* besprechen?", fragte Khaled grinsend.
„Spott steht dir nicht. Wichtiges besprechen wir immer vorher und immer zusammen. Oder nicht?", lautete die Gegenfrage.
„Im Prinzip schon. Außer Gabriel hier aufzu-nehmen", knurrte Khaled.
Angelos´ Blick wurde zornig.
„Aber ich verstehe deine Beweggründe. Oder deine Schuldgefühle. Letztere aber ohne Grund", sagte Khaled.
„Ja, aber sie sind nun mal da. Ich hätte jede Stunde ein schlechtes Gewissen, wenn wir ihn wegschicken. Und dann wäre ich unausstehlich und würde es an dir auslassen. Ein Versehrtenheim

irgendwo in der israelischen Wüste kommt nicht infrage!"

„Ich habe es doch verstanden", sagte Khaled.

„Außerdem dreht sich meine Idee ja um Gabriel", sagte Angelos.

„Da bin ich mal gespannt. Stopp! Das war keine Ironie!"

„Dein Glück", sagte Angelos.

„Also: Giorgios im Rathaus, meine rechte Hand, will ein Sabbatical. Seine Tochter war an Krebs erkrankt und scheint wieder gesund zu werden. Er will mehr Zeit mit ihr verbringen. Ich kann ihm nur nicht das volle Gehalt weiterzahlen. Da bekomme ich Ärger. Ich dachte, einen Teil zahlt die Gemeinde und wir beide den Rest? Das heißt du!"

Nun wurde Khaled zornig.

„Wir sind verheiratet. Es ist unser gemeinsames Geld, ich will sowas nicht noch einmal hören", sagte er.

„Zu Befehl, Königliche Hoheit. Es geht aber noch weiter. Ich dachte, Gabriel könnte den Posten teilweise übernehmen, damit er wieder etwas zu tun hat. Er braucht eine intellektuelle Herausforderung!"

„Ein griechisches Rathaus und ‚intellektuell'?", fragte Khaled spöttisch.

„Dein Humor wird immer geistreicher", sagte Angelos lachend.

„Aber dann ist er den ganzen Tag um dich herum! Acht Stunden! So kommt er nie von dir los", sagte Khaled, nachdem er kurz nachgedacht hatte.

„Wenn du das überhaupt möchtest", fügte er hinzu.

Angelos ließ die Arme hängen und stöhnte

„Er ist mein Freund und nicht mein Partner oder Ehemann! Das bist du! Wie oft soll ich das denn noch sagen. Du bist noch eifersüchtiger als Alex. Und das auf eine arme Sau im Rollstuhl. Das ist doch nicht zu fassen! Ich dachte, die Idee käme dir gelegen. Denk doch mal nach! Wann war ich jemals acht Stunden im Büro? Keinen einzigen Tag. Du vergisst, dass ich nebenbei noch Polizist bin. Und dass ich jeden Tag mindestens zwei Ortstermine wegen eines Ziegenstalls oder eines Grenzsteins habe. Gabriel soll mich in der Zeit vertreten. Er ist klug, er spricht Griechisch …", begann Angelos.

„ICH WERDE ES NIE LERNEN. Das ist keine Sprache, sondern Keuchhusten", ging Khaled dazwischen. Angelos lachte.

„Gut, er kann Keuchhusten. Gibt´s was Dringendes, ruft er bei mir an. Hat Giorgios auch gemacht. Und das Wichtigste: er war im Grunde Polizist. Er kann die ganze Schreibarbeit erledigen!"

Und Angelos fügte grinsend hinzu:

„Dann brauch ich das nicht machen! Aber gut. Wenn du die Idee nicht gut findest, dann lass ich es. Gegen deinen Willen passiert nichts. Eigentlich wolltest du das hören, nicht wahr?"

Khaled lachte.

„Es klingt einfach gut. Und ich fühle mich viel besser!"

„Aber dann musst du mir sagen, was er arbeiten soll. Er braucht Arbeit, wie jeder Mensch. Nicht zur Existenzsicherung, das könnten wir übernehmen. Ich meine Selbstbestätigung. Und dann könnte er eine eigene Wohnung beziehen, damit du Ruhe gibst. Aber es geht nur Schritt für Schritt. Wir dürfen ihn nicht überfordern. Je mehr du dahinterstehst, desto eher schaffen wir das!"

„Hoffentlich weiß er, was er an dir hat", sagte Khaled und fügte hinzu:

„Aber ich möchte doch nur ein normales Leben mit dir führen", sagte Khaled. „Ist das zu viel verlangt?"

„Überhaupt nicht. Deswegen mache ich mir Gedanken, wie wir zu diesem normalen Leben finden, ohne dass jemand dafür in die Tonne getreten wird. Ich kann doch auch nichts dafür. Oder anders: ich konnte nicht anders!"

„Ich begreife es doch, von der Logik her. Ich bin nur mit der Situation unzufrieden. Aber das bekomme ich in den Griff. Dein Plan klingt gut", sagte Khaled.

„Gut. Dann gehen wir das nach den Flitter-wochen an", sagte Angelos und nahm Khaled in den Arm.

„Und wohin fahren wir?", fragte Khaled.

„Äh, auch in diesem Fall bleibt das erst Mal ein Geheimnis!", sagte Angelos.

„Als Pilot sollte ich schon wissen, wohin wir fliegen"!

„Du fliegst nicht. Wir fliegen Linie", sagte Angelos und musste innerlich lachen. Er wusste, was kam.

„LINIE? DU MEINST MIT ANDEREN LEUTEN?", fragte Khaled.

„Ja, mein Prinz. Aber ERSTER KLASSE. Das über-stehst du, wenn auch nur knapp!"

Das Handy brummte. Es war Giorgios.

„Sorry, Chef. Ich weiß, Sie fliegen heute. Nur kurz. Der Kapitän eines Kreuzfahrtschiffes hat angerufen. Einer seiner Stewards wird vermisst!" Angelos lachte.

„Wäre ich ein schwuler Steward, würde ich auch auf Mykonos verschwinden. Der Junge macht sich eine schöne Zeit hier und hat bestimmt gerade die Hosen unten!"

„Wie unser Bürgermeister?", fragte Giorgios.

„Noch so eine Frechheit und du verbringst dein Sabbatical auf Rhenia. Bei Wasser und Brot", sagte Angelos und lachte.

„Kleiner Scherz. Was soll ich dem Kapitän sagen?"

„Sag ihm, wir schreiben eine landesweite Fahndung aus und verständigen Interpol und die CIA. Er soll durch die Ägäis weiterschippern und auf dem Rückweg vorbeischauen, ob sein Steward am Hafen den Daumen hebt!"

Giorgios lachte. Er mochte Angelos sehr. Nicht nur, weil er einen Teil der Medikamente für seine Tochter bezahlt hatte. Nein – er war ein guter Chef. Vor allem aber eines: unbestechlich. Da hatte Giorgios schon ganz andere gesehen.

Doch aus der vermeintlichen Lappalie wurde eine Staatsaffäre.

Leider sollten auch diese Flitterwochen nicht stattfinden.

## 11

Antonis Migiakis fühlte sich, als wäre ein Panzer über ihn hinweggerollt. Er war vollkommen verwirrt.

Wo bin ich? Wer bin ich? Und was zum Teufel ist eigentlich passiert? Dann kamen die Ereignisse in Bruchstücken langsam zurück.

Vorsichtig drehte er sich nach rechts. Sein Arm schmerzte und Migiakis stöhnte auf.

Pavlos. Er war weg. Alles drehte sich im Kopf.

War er doch tot? Das überlebe ich nicht.

Vorsichtig setzte er sich auf, aber das war keine gute Idee. Ihm wurde schwindlig und er erbrach sich auf den Boden.

Zwei Männer mit Masken. Wer waren sie? Wer hat sie geschickt? Was Antonis Migiakis nicht verstand, war: warum nicht er das Ziel war. Was wollten sie mit Pavlos? Einem grünen Jungen. Gut, so grün war er auch nicht.

Migiakis konnte sich keinen Reim darauf machen. Dann setzten die Instinkte ein. Waschen und trinken, soweit konnte Migiakis denken.

Er wankte ins Bad und erschrak ob seines Eben-bildes im Schrank. Auch das eiskalte Wasser änderte nichts daran, dass er aussah wie ein Zombie. Aber Migiakis war Politiker und daher strategisches Denken gewohnt.

Punkt 1: Wo bin ich? Mykonos.

Punkt 2: Was tue ich als Nächstes? Ich muss hier raus. Möglichst unerkannt.

Punkt 3: Wo gehe ich hin und wer hilft mir, ohne dass sofort „Breaking News" daraus werden?

Nikakis. Mein Freund Angelos Nikakis. Ich muss es bis nach Orkus, nein, Ornus, nein, Ornos, schaffen! Vorsichtig und auf jeden Schritt achtend ging er zur Türe und schaute hinaus. Nichts. Niemand. Stopp! Meine Tasche. Ich darf nie hier gewesen sein.

Er ging zurück, nahm sein kleines Täschchen und ging zum Aufzug. Wir sind noch im Hafen, dachte er. Das Schiff bewegt sich nicht.

Er fuhr nach unten und beim Öffnen der Aufzugstüre schlug ihm ein Schwall Frischluft entgegen, der ihn wie ein Hammer traf. Mit Hut und Sonnenbrille ging er am Personal vorbei und schwankte den Steg hinunter.

Niemand hatte ihn erkannt. Offensichtlich schauen auch andere Passagiere mitunter verknautscht aus.

Er blickte sich um. Wo zum Teufel ist ein Taxi? Er seufzte. Wie in Athen. Wenn man eines braucht, ist keines da.

Seine Gedanken schweiften ab. Pavlos. Wo ist er? Was machen „die" mit ihm?

Zum ersten Male wurde er wütend.

Und dann kam ein Taxi. Er winkte, nicht zu panisch – es sollte ihn ja niemand erkennen.

Als er einstieg, sagte er:

„Ich müsste zum Privathaus des Bürgermeisters nach …"

Weiter kam er nicht, denn der Taxifahrer war schon losgefahren. Noch zehn Minuten. Dann bin ich vorläufig in Sicherheit.

Nur das zählte.

Im Hause Nikakis standen die Koffer schon im Vorraum.

„Du bist sicher, dass du zurechtkommst?", fragte Angelos Gabriel.

„Natürlich. Macht jetzt endlich eure Flitterwochen! Raus hier", sagte Gabriel. „Ich werde versuchen, das Haus nicht niederzubrennen!"

Der Satz war noch nicht ausgesprochen, da läutete es an der Türe.

Khaled verdrehte die Augen und Angelos ging zur Türe.

„ANTONIS?? WAS MACHST DU DENN HIER? Und wie siehst du denn aus? Und du stinkst", rief Angelos.

„Freundlich wie immer", sagte Migiakis, aber da sackten ihm schon die Beine weg.

Angelos fing ihn auf.

„Khaled! Hilf mir. Auf die Couch. Gabriel! Mach Espresso. Bitte!"

# 12

Teheran

Warten. Die Tätigkeit eines Geheim-dienstlers besteht zu 99% aus Warten. Dies zu wissen half aber nicht.

Wann zum Kuckuck kommt Alipour nur? Er sollte schon längst hier sein. Alawi griff zum Telefon, aber es war nur Alipours dümmliche Sekretärin am Apparat.

„Wo ist er?", blaffte Alawi sie an.

„Äh, äh, Herr Generaldirektor. Er ist schon unterwegs. Wahrscheinlich steckt er im Verkehr!"

Dumme Nuss. Darauf wäre ich auch selbst gekommen.

Wieder lief er Kreise in den wertvollen Teppich. Er hatte kein gutes Gefühl. Alawi mochte keine Missionen, die auf die Schnelle geplant werden mussten. Es konnte ohnehin immer genug schief-gehen, und Eile machte alles noch schlimmer.

Ich war dagegen, dachte Alawi. Auf dem Papier war der Plan gut. Aber es war ein Spiel mit zu viel „Ereignisfeldern". Und gegenüber Über-raschungen war Alawi allergisch. Aber die Herren in der Führung waren begeistert. Weil sie keine Ahnung haben, dachte Alawi. Und am Ende muss ich es ausbaden.

Er hörte klappernde Türen und tatsächlich kam Alipour zur Türe hinein.

„Na endlich", knurrte Alawi.

Aber Alipour lächelte und das war ein gutes Zeichen.

„Sag nicht, der Idiot Reza hat es geschafft", sagte Alawi.

„Doch. Der Gorilla ist im Käfig!"

„Lass diesen Scheiß", blaffte Alawi.

Anstatt sich dämliche Codewörter oder -sätze auszudenken, sollten sie …

„Sachstand? Und ohne Gorilla bitte!", knurrte Alawi.

„Also: der Junge ist betäubt und aus dem Zimmer geschafft worden. Migiakis hat auch eine Ladung abbekommen. Aber sie haben seinen Puls gecheckt. Alles in Ordnung. Er dürfte nur etwas verkatert aufgewacht sein", antwortete Alipour. Er war in Hochstimmung.

„Keine Spuren in der Kabine?", fragte Alawi misstrauisch.

„Nein. Alles gereinigt und mit Blaulichtlampe gecheckt. Die Kameras alle entfernt, ohne dass man etwas sieht!"

Also hat dieser Idiot scheinbar alles richtig gemacht.

„Ist der Junge verletzt worden?"

„Nein. Eine kleine Beule, weil er von dem Alten runterrutschte und auf den Boden geknallt ist", sagte Alipour grinsend.

„Und wo ist Migiakis hin?", fragte Alawi.

Alipour erstarrte.

„Woher soll ich das wissen? Er ist bestimmt nach Athen geflogen und wartet auf den Anruf. Er will ja seinen Stricher zurück!"

Alawi ging zum Fenster. Er stand kurz vor der Explosion.

„SAG NICHT, IHR HABT MIGIAKIS NICHT ÜBER-WACHT!"

„Wozu sollten wir? Was soll er schon tun? Er ist verliebt und hat Angst. Er wird zittern und warten!"
Alawi setzte sich an den Schreibtisch und legte den Kopf in den Nacken.
„Was wissen wir über Mykonos?"
„Eine Insel in der ...", begann Alipour.
„DAS WEISS ICH SELBER. HABEN WIR DORT JEMAND? WO IST MIGIAKIS HIN?"
Alipour sagte nichts.
„Frag unseren Mann in Tel Aviv. Ich muss wissen, ob Migiakis auf der Insel jemand kennt und dort eventuell suchen lässt. Und sei vorsichtig!"
Alipour ging nach draußen.
Ich bin umgeben von Idioten, dachte Alawi. Unser Mann in Tel Aviv. Wir dürfen ihn nicht gefährden. Wir müssen wissen, was der Mossad plant. Hackerangriffe, Militärschläge. Unser Mann hat uns schon unbezahlbare Dienste geleistet. Es war ein Risiko, ihn zu kontaktieren, aber der Mann war zu intelligent, um einen Fehler zu machen. Hoffentlich.
Und wieder warten.
Wie kann man nur so dämlich sein? Alawi schüttelte mit dem Kopf. Migiakis durfte auf keinen Fall unbeobachtet bleiben. Das hatte Alawi als selbstverständlich vorausgesetzt.
Den Jungen braucht man nicht mit drei Mann in Schach halten. Da hätte eine Spritze genügt.
Es dauerte über eine Stunde, bis Alipour wieder zurück war.
„Er ist informiert. Aber es wird etwas dauern, bis er antwortet. Sicherheit geht vor", sagte Alipour.
„Das wäre nicht nötig gewesen, hättest du mitgedacht", knurrte Alawi.

Alipour sagte nichts. Der alte Sack wird versuchen, ein Scheitern mir anzuhängen, aber dich reiße ich mit in den Abgrund.

Das Handy brummte.

„Ist das auch sicher?", fragte Alawi.

Alipour nickte.

Aber das, was er las, gefiel ihm nicht.

„Was ist?"

„Migiakis ist befreundet mit dem Bürgermeister von Mykonos!"

Alawi überlegte.

„Der kann ihm nicht viel helfen!"

„Ja, aber: der Mann ist auch der örtliche Kommissar. Heißt Nikakis. Und unser Mann in Tel Aviv schreibt, dass es zahlreiche Kontakte mit dem Mossad gab. Nikakis kennt sogar den Chef Cohen persönlich!"

„WAS?"

„Der Mann ist gefährlich, schreibt unser Mann!"

„Ach so? Wenn er ab und zu ein Pläuschchen mit dem Chef des Mossad hält, DANN IST ER BESTIMMT GEFÄHRLICH!"

Mit jedem Wort wurde Alawi lauter.

Ein Kommissar mit Geheimdienstunterstützung. Na bravo. Yossi Cohen, mein großer Gegenspieler. Insgeheim bewunderte Alawi den Israeli. Hätte ich nur auch so gute Leute, meine haben zwar Schaum vor dem Mund, aber Fanatismus ersetzt keine Intelligenz.

„Wie heißt der nochmal?", fragte Alawi.

„Nikakis. Angelos Nikakis!"

„Er ist wie Migiakis ein Sodomit. Ist sogar verheiratet mit einem Mann. Dem ehemaligen Kronprinzen von Fudscheirah!"

„Wunderbar. Und auch der hat bestimmt noch beste Verbindungen. Und Geld!"

„Bei allem Respekt: wie sollen uns zwei Perverse gefährlich werden?", fragte Alipour.

Alawi lächelte wie ein Krokodil.

„Alipour: du hast nicht nur den Kopf eines Pferdes, sondern auch dessen Gehirn!"

Dann fügte er hinzu:

„Überwachen. Feststellen, ob Migiakis dort ist. Ob es Anzeichen für eine Suche gibt. Allah möge uns helfen! Und dir, Alipour. Besonders dir!"

# 13

Migiakis stöhnte, als Angelos und Khaled ihn auf die Couch legten.

„Bist du verletzt?", fragte Angelos.

„Nein. Ich jammere, weil es mir Spaß macht", knurrte Migiakis.

„Ich meinte auch eher, wo und wie!"

„Der linke Arm. Es muss eine Betäubungspistole gewesen sein. Es hörte sich nicht wie ein Schuss an!"

„Zieh dein Hemd aus, Antonis. Aber vorsichtig. Bei Betäubungspistolen kommt es bei Menschen oft zu einer Sepsis", sagte Angelos.

„Khaled! Holst du bitte den Sanitätskasten?" Khaled grinste und eine Minute später wusste Migiakis, warum. Um die Ecke kam ein veritabler Schrank aus Stahl auf Rollen.

„Das nennt ihr Sanitätskasten? Das ist eine fahrende Apotheke. Wo zum Teufel hast du das Ding her?"

„Von uns. Wir brauchen das öfters", sagte Gabriel. „Eine israelisches Erste-Hilfe-Kit!"

Der Schrank war voller Medikamente und Fläschchen.

„Du warst Sanitäter, oder?", fragte Angelos. Gabriel nickte.

An Migiakis Arm war ein kleiner Einstich zu sehen, mir rot-blauer Aura. Gabriel besah sich die Stelle. Dann folgte der Augenreflextest mit dem Finger.

„Etwas langsam", sagte Gabriel.

„Er ist Politiker, da ist das ganz normal", sagte Angelos mit einem Grinsen.

„Du bist selber einer", knurrte Migiakis und trank seinen doppelten Espresso in einem Zug.

„Angelos, gib mir das Clavestin 1500", sagte Gabriel.

„Morgens und abends eine, bis die Schachtel leer ist, verstanden? Sonst kann sich eine Sepsis entwickeln.

„Zu Befehl, Herr Doktor", sagte Migiakis zu Gabriel, der erst jetzt realisierte, mit wem er eigentlich sprach.

„Entschuldigung, Herr Premierminister!"

„Passt schon. Der Ton des Hausherrn muss ja abfärben", sagte Antonis.

„Ich mache einen kleinen Verband. Das müsste reichen", meinte Gabriel.

„Khaled, wir bräuchten eines deiner Hemden. Du hast in etwa seine Größe!"

Khaled war etwas größer als Angelos.

„Vor dem Verbinden solltest du duschen. Das hilft. Ich gehe mit …", sagte Angelos.

Als Migiakis und Angelos vor der Badtüre im Untergeschoss standen, fragte Angelos:

„Raus damit! Was ist passiert?"

Migiakis holte tief Luft – und brach in Tränen aus.

Angelos nahm ihn in den Arm.

„Möchtest du lieber mit mir alleine sprechen?", fragte er.

Migiakis konnte nur nicken, noch immer liefen die Tränen.

„Gut. Dann geh jetzt duschen und dann reden wir draußen. Und jetzt ab. Für einen Premierminister siehst du verheerend aus!"

# 14

Er will mit mir alleine sprechen. Keine Ahnung, warum. Ich gehe mit ihm auf den Balkon. Danach legen wir ihn schlafen. Und dann kann ich euch sagen, was hier los ist!", sagte Angelos.

„Khaled, ich weiß gar nicht was ich sagen soll, aber …"

„,,, er ist dein Freund und du musst ihm helfen, richtig?"

Angelos nickte.

„Na, vielleicht klappt der dritte Versuch mit den Flitterwochen. Irgendwann mal!"

„Bitte mach mir kein schlechtes Gewissen. Das wäre unfair. Hätte ich ihn wegschicken sollen?", fragte Angelos.

„Nein. Mein Kopf begreift es, nur mein Bauch grummelt!"

„Vielleicht ist es nur eine Kleinigkeit, die schnell erledigt ist", sagte Angelos.

„Bei dir ist nichts eine Kleinigkeit. Und wenn der Premierminister bei einem auf der Couch sitzt, ist das kein kurzes Kaffeekränzchen", sagte Khaled.

„Jetzt lass ihn nicht warten und geh auf die Terrasse!"

„Du hast halt keinen normalen Mann geheiratet!"

„Das wollte ich auch nicht. Und ich wusste, dass du Kommissar bist. Und Inseldiktator. Und seltsame Verbindungen hast. In meinem Land hätte man dich schon längst verhaftet, weil alles einfach verdächtig ist!"

Angelos lachte und küsste Khaled.

„Dann schauen wir mal, warum der Herr Premierminister uns einen Besuch abstattet.
Angelos trug ein Tablett mit hinaus und stellte es
auf dem Tisch ab.
„Das ist eine tolle Aussicht. Schon nicht schlecht,
wenn man einen reichen Ehemann hat und ich
meine das nicht böse", sagte Migiakis.
Angelos zeigte den Berg hinunter.
„Vorher habe ich dort unten gewohnt. Das kleine
Haus mit den Tonkrügen davor", sagte Angelos
und kurz wackelte seine Stimme.
„Aber es geht jetzt um dich. Was machst du auf
einem Kreuzfahrtschiff? Mit wem warst du da und
warum schickt man dich in einen unfreiwilligen
Schlaf? Lass mich raten: du hast eine Geliebte
und wolltest dir ein paar schöne Tage machen!"
Angelos lächelte breit.
„Letzteres stimmt. Der erste Teil ist etwas
schwieriger", sagte Migiakis.
„Warum?"
„Es ist keine Frau, sondern ein Mann!"
Angelos prustete des Espresso über den Tisch.
„Entschuldige: sagtest du gerade, du hättest
einen männlichen Liebhaber?"
„Geschockt?", fragte Migiakis.
„Das wäre die Untertreibung des Jahres", sagte
Angelos.
„Ach so. Nur der Herr Bürgermeister darf mit
Männern schlafen oder wie?", knurrte Migiakis.
„So habe ich es nicht gemeint. Ich bin nur
überrascht. Du bist verheiratet, obwohl; das war
Alex auch. Nur sag mir jetzt bitte nicht, dein
Geliebter ist Steward auf einem Kreuzfahrtschiff

und 22 Jahre alt. Dann bekomme ich einen Schreikrampf!"

Migiakis sagte nichts.

„Oh, Gott, Antonis", sagte Angelos.

„Es ist nicht so, wie du denkst!"

„Natürlich nicht", antwortete Angelos spöttisch.

„Es ist schlimmer. Er ist 19 und eigentlich ist er Kellner!"

„Und er hat gefragt, ob du ihn heiratest, oder?", fragte Angelos.

„Auch, wenn du jetzt lachst: ja!"

„Du hast bestimmt Fotos auf dem Handy. Es müssen aber keine Nacktfotos sein!"

„Sehr witzig!", entgegnete Migiakis.

Migiakis wischte auf seinem Handy hin und her. „Das ist Pavlos!"

„Wenn er so heißt", knurrte Angelos.

„Kannst du nicht mal an das Gute im Menschen glauben?"

„Tust du das? Als Politiker?", fragte Angelos.

„Eigentlich nicht. Aber du hattest doch auch Glück. Erst mit Alex, dann mit Khaled!"

Angelos grinste.

„Stimmt. Aber ich bin kein alter Mann, sehe gut aus, bin intelligent und witzig!"

„Manchmal zu witzig. Du nimmst mich nicht ernst!"

Angelos griff nach Antonis´ Hand.

„Das stimmt nicht. Es ist einfach nur … überraschend, dass DU ein Coming-out hast. Leider wohl unfreiwillig. Aber eines verspreche ich dir: ich weiß, dass ich, Khaled und Gabriel vollkommen alleine ermitteln müssen. Sobald jemand anders davon erfährt …"

„ … bin ich erledigt. Bin ich ohnehin schon. Hauptsache, Pavlos passiert nichts. Ich könnte nicht mal das Lösegeld bezahlen!"

Migiakis begann wieder zu weinen.

Ok, jetzt reicht das Händchen nicht mehr, dachte Angelos. Also umarmte er Migiakis.

„Erstens haben wir genügend Geld, um drei Pavlos´ freizukaufen!"

„Ich will nur meinen", sagte Migiakis so sanft, dass Angelos richtig mitlitt.

„Natürlich. Und das zweite: ich tue alles, was ich kann. Und ich versuche, möglichst wenig Scherze zu machen!"

„Ach, mach nur. Manchmal ist es in solchen Situationen das Beste zu lachen", sagte Migiakis.

Plötzlich hielt Angelos den Finger an den Mund.

„Moment, Antonis! KHALED!"

Khaled war nach fünf Sekunden da.

„Haben wir noch das Drohnen-Störgerät?", fragte Angelos.

„Wieso. Schwirrt etwas herum?", fragte Khaled.

Angelos deutete über das Grab von Alex. Und tatsächlich flatterte dort eine Mini-Drohne.

„Für den ekelhaften Käfer brauche ich kein Gerät", sagte Khaled lässig und verschwand.

„Sag erstmal nichts", flüsterte Angelos.

Khaled kam zurück mit seinem Präzisionsgewehr.

„Ah, ich wusste nicht, dass Generäle schießen können", sagte Antonis.

„Er ist nur Oberstleutnant, aber ein perfekter Schütze!"

Khaled legte an und – traf. Die Drohne zuckte, trudelte kurz und dann ging es steil abwärts. Das Ding zerschellte auf Alex´ Grab.

„Sorry für die Störung, Alex", sagte Angelos schmunzelnd.

„Kommt das öfters vor?", fragte Antonis.

„Ach weißt du, Reiche haben seltsame Hobbies. Und die Dinger sind nicht wirklich teuer. Dennoch ist es ein seltsamer Zufall, findest du nicht? Oder hatten wir hier schon eine Drohne, Khaled?"

„Nein. Schade. So bleibe ich in Übung!"

„Antonis, ich sage es jetzt Khaled. Ich muss ihn mit einbeziehen – allein schaffe ich es nicht", sagte Angelos.

Migiakis nickte. „Das zweite Gelächter!"

Angelos ging mit Khaled ein paar Schritte Richtung Brüstung.

Der zog die Augenbraue so weit hoch, dass die Haut hätte reißen müssen. Dann sah man, wie die Lippen bebten, weil er das Lachen unterdrücken musste.

„Reiß dich bitte zusammen. Er ist anscheinend wirklich verliebt", sagte Angelos.

„Armer Kerl. Wenn er so leidet wie ich damals ...", sagte Khaled.

„Aber ich war kein 19-jähriger Stricher", knurrte Angelos.

„Man kann es nicht steuern, in wen man sich verliebt. Und selbst wenn es Signale gibt, dass irgendetwas nicht stimmt, will man es nicht wahrhaben. Bei dir hatte ich Glück. Das hatte er nicht!"

„Das sage ich doch nur zu dir. Natürlich kann es sein, dass dieser Pavlos es ernst meint. Es gibt 19-jährige oder allgemein Junge, die sich in deutlich ältere Herren verlieben, aber ..", begann Angelos.

„War ja bei mir auch so", ging Khaled dazwischen und prustete los.

„ICH BIN 30 UND DU 25. UND WENN ICH EIN ‚ÄLTERER HERR' BIN, KEIN PROBLEM: DANN BIN ICH JETZT EINE WOCHE ZU KAPUTT FÜR SEX", sagte Angelos laut. Doch da hatte er schon Khaleds Zunge im Mund.

„Dein Glück", knurrte Angelos.

„Es sieht halt nur nach der klassischen Venusfalle aus!", fügte er hinzu.

„Wohl eher Rosettenfalle", sagte Khaled.

„Du wirst noch ein richtiger Comedian. Komm, wir müssen zu ihm zurück!"

Nun saßen sie zu dritt am Tisch auf der Terrasse.

„Ok, Antonis. Lassen wir die Liebe mal weg. Wir brauchen zunächst Fakten. Der volle Name? Eine Adresse? Eine Handynummer?", fragte Angelos. Migiakis rutschte tiefer.

„Pavlos Markaris. Eine Adresse habe ich nicht. Wozu auch? Wir hätten uns dort nie treffen können. Khaled, hattest du Angelos´ Adresse?" Khaled lächelte.

„Klar. ‚Emir von Mykonos'. Kam an", antwortete Khaled.

# 15

Markaris', sagtest du? Irgendwelche Hinweise auf einen anderen Namen? Briefe? Weil ‚Markaris' ist wie ‚Müller' in Deutsch oder ‚Smith' in Englisch", sagte Angelos. „Kanntest du Khaleds Nachnamen?", fragte Migiakis.

„Natürlich. Er stand ja auch jeden Tag in der Zeitung! Und Handy?"

Migiakis wurde kleinlaut.

„Prepaid. Und ich habe uns zwanzig SIM-Cards besorgt. Alle drei Tage haben wir gewechselt. Herrgott, es musste geheim bleiben!"

„Wechselnde SIM-Karten? Du hast kriminelles Talent, Antonis. Ansonsten ist dieser Pavlos zumindest hübsch, das muss ich dir lassen", sagte Angelos.

Und deswegen glaube ich nicht, dass ER verliebt war.

Migiakis lächelte.

„Das ist er wirklich. Ich kann dir gar nicht sagen, wie ich mich gefühlt habe. Und dann der, äh, äh, Sex!" Letzteres sagte Migiakis leise und verschwörerisch.

„Hier darfst du das Wort auch laut aussprechen", sagte Angelos grinsend. „Dein Erster?"

„Was ‚mein Erster'?"

„Dein erster Mann natürlich", sagte Angelos.

„Abgesehen von ein bisschen Gefummel in der Pubertät: ja!"

„Weißt du, Alex war ja auch verheiratet. Er meinte immer, er hätte es vielleicht nie bemerkt und der

Sex sei halt immer langweilig. Und an den Fischgeruch hatte er sich auch gewöhnt!"

Angelos lachte laut.

„Aber du musst es deiner Frau und deinen Kindern
sagen", fügte er hinzu.

„Hinterher. Erst, wenn ich mir sicher bin, dass
Pavlos lebt und bei mir bleibt!"

„Ob du schwul bist, hat doch nichts mit Pavlos zu
tun! Oder du bist bi!"

Antonis Migiakis seufzte.

„Wie auch immer. Meinen Posten werde ich
verlieren. Meine Familie auch. Irgendwas bleibt
immer hängen!"

„Jetzt wart es doch erst einmal ab. Im Moment
wissen wir doch noch überhaupt nichts. Gut, dass
man Pavlos betäubt hat, spricht nicht gerade
dafür, dass Pavlos sich ein paar Partytage
genommen hat. Wer weiß davon oder könnte es
benutzen?"

Migiakis lachte.

„So ziemlich jeder Politiker und jeder Journalist
hätte Interesse oder würde es benutzen. Und die
Liste meiner Feinde ist lang!"

„Wichtiger ist die Frage, wer davon wusste?",
meinte Angelos.

Migiakis zuckte mit den Schultern.

„Von mir weiß es niemand, logisch. Ich habe alle
Vorsichtsmaßnahmen ergriffen. Auf Verfolger
geachtet, immer wieder stehen geblieben. Mit
der U-Bahn in die eine Richtung gefahren und
dann umgestiegen und wieder zurück. Wie im
Spionage-Thriller!"

„Das klingt doch schon mal gut!", meinte Khaled.

„Und der eigene Geheimdienst weiß auch nichts?", fragte Angelos.

„Dafür sind sie zu dumm! Warum haben die Israelis darauf bestanden, den Überläufer über Mykonos zu schleusen? Sie trauten unseren Leuten nicht viel zu. Zu Recht. Und unser Mann war auch noch der Verräter!"

„Und der Mörder meines Mannes", sagte Angelos und zeigte auf Alex´ Grab.

„Gab es irgendwelche Andeutungen oder blöde Sprüche?", fragte Angelos.

„Puh. Nicht dass ich wüsste. Nur mein Büroleiter oder Personal Assistent, wie man sagt. Der meinte vor zwei Tagen, es wäre sinnvoll, wenn er Zugang zum Safe hätte. Für den Fall einer Krankheit. Und das stimmt ja auch. Also habe ich ihm die Nummer gegeben. Aber er hat damit nichts zu tun. Ich kenne ihn seit zwanzig Jahren!"

„Und sein Name?"

„Lakis Petropoulos! Aber vergiss ihn", sagte Migiakis.

„Genau das sollte ein Kommissar nie tun", antwortete Angelos.

„Wie war eigentlich das erste Mal?", fragte Khaled.

„KHALED!", sagte Angelos und verdrehte die Augen. Aber Migiakis winkte ab.

„Es hat wehgetan. Aber dann wurde es ein, wie soll ich sagen, wohliger Schmerz!"

„Aktiv oder passiv?", hakte Khaled nach.

„Ist das jetzt wichtig?", fragte Angelos.

„Ich weiß gar nicht, was das ist", sagte Antonis Migiakis. „Ich bin, äh, Anfänger!"

„Zurück zu den Basics, bitte", sagte Angelos.

„Du bleibst erstmal hier. Heißt, wir brauchen eine Erklärung für Athen und die Medien", sagte Angelos.

„Wie wär's damit: du warst auf Privatbesuch hier, hast dir die Grippe eingefangen – bei unserem kalten Wind glaubt uns das jeder – und bleibst erstmal hier, um niemand anzustecken!" Migiakis dachte kurz nach.

„Ich müsste formal den Parlamentspräsidenten unterrichten. Dann würde der Vize regieren!" „Ist das ein Problem?", fragte Angelos.

„Nun, mein Vize ist ein Idiot und Legastheniker", begann Migiakis.

„Worin besteht der Unterschied zu jetzt?", ging Angelos dazwischen und lachte.

„Scherzkeks. Aber was erzähle ich meiner Familie?", fragte Migiakis.

„Dasselbe. Du willst sie nicht anstecken. Kommen irgendwelche Journalisten, sperren wir die Zufahrt. Und was wir mit deren Drohnen machen, hast du ja gesehen. Vielleicht reicht es ja, wenn ich täglich ein medizinisches Bulletin herausgebe. Mit deiner Körpertemperatur", schlug Angelos vor.

„Das können wir nur eine Woche durchhalten", gab Khaled zu bedenken.

„Stimmt. Aber bei einem Entführungsfall ist eine Woche eine Menge Zeit. Denk an …"

Angelos konnte sich gerade noch bremsen.

Er wollte „Denk an Safiye" sagen. Khaleds Schwester. Der Fall zog sich über sechs Tage, endete aber mit dem Tod der Entführten.

Während der Entführung hatten sich Angelos und Khaled kennengelernt.

„Gut. Dann hätten wir das geklärt. Du hast die Grippe. Dass du bei mir bist, hat keinen Neuigkeitswert. Die Leute wissen, dass wir uns kennen. Herrje, hoffentlich denkt keiner, wir hätten etwas miteinander. Ich muss auf meinen Ruf achten", sagte Angelos lachend.

„Könnten wir uns jetzt bitte um Pavlos kümmern?", fragte Migiakis.

„Tun wird doch. Wir müssen erst einen Medienzaun hochziehen", sagte Khaled.

„Ihr habt ja recht", gab Migiakis zu.

„Gut. Wir können keine staatlichen Stellen nutzen, weder unsere noch andere. Also können wir auch nicht auf die Israelis zugehen. Richtig?", fragte Angelos.

„Ich bitte darum", sagte Antonis.

# 16

Wir sind also mit mir, Khaled und Gabriel zu dritt.

Ohne technische Hilfe. Keine Datenbanken von Interpol oder vom EYP. Von denen des Mossad ganz zu schweigen. Wir geben gerne alles, Antonis, aber das wird ein Kampf David gegen Goliath, wobei wir gar nicht wissen, wer Goliath überhaupt ist. Wir müssen einen Jungen suchen, dürfen aber nicht an die Öffentlichkeit. Das wird schwierig", sagte Angelos.

„Wäre es einfach, wäre ich nicht zu dir gekommen", sagte Antonis.

„Schon in Ordnung. Das kriegen wir schon hin", sagte Angelos, hatte aber keinen blasser Schimmer, wie. Doch natürlich konnte er das Antonis nicht sagen.

„Khaled, kannst du bitte den Käfer holen?"
„Klar".

Als Khaled mit den Trümmern der Drohne zurück am Tisch war, sahen sie sich gemeinsam die einzelnen Teile an.

„Die Dinger haben kein Kennzeichen. Warum eigentlich nicht?", fragte Migiakis.

„Das sollten sie. Aber wer macht denn die Gesetze? Du oder ich? Die Dinger müssen registriert werden. Da wird dann zwar gefälscht und betrogen, aber das fällt dann auf. Wie bei einem Auto", antwortete Angelos.

„Was seltsam ist: das Ding ist rundherum neu lackiert. Hersteller, Nummer – alles überpinselt", sagte Khaled.

„Bringt die Blaulichtlampe etwas? Ich hole sie mal!", meinte Angelos.

„Und ein Teppichmesser. Damit kriegt man den Lack am Besten weg", rief ihm Khaled hinterher.

„Aber was bringt das, wenn wir den Hersteller wissen?", fragte Antonis zurecht.

„Sagen wir es so. Israelis würden kein israelisches Fabrikat verwenden, Russen kein russisches. Viel ist es aber nicht, da hast du recht", sagte Angelos. Khaled hantierte vorsichtig mit dem Teppich- messer und hatte schon einige Lackplättchen gelöst.

„Englisch und Hebräisch. Ein israelisches Fabrikat", sagte Khaled. „Zufall war die Drohne jedenfalls nicht. Gut, die Israelis sind es nicht, aber das hilft null!"

Angelos nickte.

„Gut. Das Durchsuchen des Schiffs wird zwar nichts bringen, aber zumindest deine Kabine muss überprüft werden. Die Keycard hast du noch, oder?"

Migiakis nickte.

Angelos stand auf und blickte zum Hafen.

„Ich rufe den Hafenmeister an, dass das Schiff nicht auslaufen darf. Und dass er ein Schiff querstellt. Die Herren Kapitäne machen nämlich selten das, was sie sollen!"

Ein Kreuzfahrtschiff durchsuchen – mit drei Mann. Ein Ding der Unmöglichkeit.

„Und morgen müssen alle Kameras gecheckt werden. Wann ist das Ganze passiert?", fragte Angelos.

„Er kam um elf, dann der Sex, vielleicht 0.30 Uhr?"

„Da wird man auf den Kameras nicht viel erkennen, aber versuchen müssen wir es. Sie werden ihn irgendwie von Bord geschafft haben. Aber wohin dann?"

Wir brauchen Hilfe, dachte Angelos.

Dann fiel ihm jemand ein. Doch er rang mit sich, ob es keine andere Lösung gäbe.

Aber letztlich kam er zum selben Ergebnis.

„Ich muss mit Abu Bakar sprechen. Nur er hat die technischen Möglichkeiten und hat garantiert nichts mit dem Staat zu tun!"

Stille.

„Abu Bakar? Der Drogenbaron?", fragte Migiakis.

„Der auf dich geschossen hat?", fragte Khaled. Angelos nickte.

„Eine perfekte Wahl. Man kann sich seine Verbündeten nicht immer aussuchen", entgegnete Angelos.

„Genau. Und am Ende bringt er dich um. Tolle Lösung", knurrte Khaled.

„Bessere Ideen? Wir haben drei Mann und brauchen Technik. Bakar hat große Drohnen, muss den ganzen Schiffsverkehr überwachen, weil er seine Ladung absichern muss. Und er hat die Bewaffnung einer kleinen Armee. Und: bestimmt 50 Kuriere und Kunden, die man einspannen kann! Wenn die sich umschauen, Seltsames bemerken, dazu seine Drohnen und Kameras, die 400 Quadratkilometer Insel sind da schnell abgesucht. Mir geht es auch um Rhenia und

Dragonisi. Da ist man mit einer Drohne schnell fertig", sagte Angelos.

„Oh Gott, das darf aber keiner erfahren, sonst bin ich am Ende", sagte Antonis Migiakis.

„Abu Bakar oder toter Pavlos?", fragte Angelos.

„Dumme Frage", knurrte Antonis.

„Außerdem hält er bestimmt dicht, aus naheliegenden Gründen!", meinte Angelos.

„Aber er wird dafür etwas haben wollen. Aus reiner Nächstenliebe …", begann Khaled.

„Macht der sicher nichts. Man kann es sich doch einmal anhören. Und nochmal: wer sonst hat so viel Leute, wenn wir weder Polizei noch Armee noch den Geheimdienst einsetzen dürfen. Die freiwillige Feuerwehr? Das sind zwanzig Mann und wer glaubt, Männer tratschen nicht, der täuscht sich gewaltig", erwiderte Angelos.

„Und bei Abu Bakar tratscht niemand. Außer er möchte seine Hoden verlieren", fügte er hinzu.

„Der hat seinen Laden im Griff!"

„Ja, klar. Er ist ein Mörder und Folterer", widersprach Khaled.

„Als ob ich das nicht wüsste", sagte Angelos.

„Er hat mir die halbe Leber weggeschossen und ohne Teiltransplantation wäre ich tot!"

„Das wusste ich gar nicht. Du hast keine Narbe", hakte Khaled nach.

„Äh, stimmt. Ich war bei einer kleinen OP in der Klinik", antwortete Angelos leise.

„EINE SCHÖNHEITS-OP? Ich lach mich tot!", sagte Khaled und lachte laut.

„Eitler Sack", bemerkte Antonis. „Hier auf Mykonos?"

„Nein. Äh, in Dubai!"

„Bei mir zuhause? Wehe, du lästerst noch einmal",
sagte Khaled.

„Hallo? Könnten wir vielleicht zum Thema zurück-
kehren? Herr Bakar ist sicher kein freundlicher
Zeitgenosse, aber unsere beste Wahl!"
Niemand widersprach.

„Es gibt nur ein Problem. Wie finden wir ihn? Eine
Postanschrift hat er bestimmt nicht", sagte
Khaled.

„Bestimmt nicht, Herr Kommissar. Aber was macht
man, wenn man als Polizist überhaupt keinen
Ansatz hat?", fragte Angelos.
Khaled überlegte.

„Follow the money. Folge dem Geld!"
Angelos lächelte.

„Genau. Und in diesem Falle: Folge den Drogen –
außerdem glaube ich, dass er neugierig sein wird,
wenn er hört, dass ich ihn sprechen will!"

„WIR. Du gehst unter KEINEN UMSTÄNDEN alleine.
Da gibt es keine Diskussion! Versprich es mir!"
Angelos nickte.

„Ich verspreche es. Außerdem brauche ich einen
Flankenschutz. Zurück zum Thema: Sein Gegenspieler bittet um ein Gespräch. Also: ICH wäre
neugierig", sagte Angelos.

# 17

Zwischenzeitlich wurde es schon dunkel.

Wo ist der Tag nur geblieben, dachte Angelos.

„Gut, Antonis, du schläfst unten. Du kennst dich ja schon aus!"

Angelos grinste. Schon während seiner Schönheits-OP verbrachte Migiakis einige Tage in der Villa der Herren Nikakis – um den Journalisten und Fotografen zu entfliehen.

„Ich hoffe, du kannst schlafen. Ansonsten sehen wir uns morgen und legen richtig los", sagte Angelos.

Migiakis schaute traurig.

„Was ist?"

„Pavlos. Ich muss immer daran denken, dass er irgendwo in einer Zelle im Keller sitzt …"

„Stopp! Man kann sich auch selbst quälen. Wir brauchen morgen einen halbwegs fitten Antonis. Ab ins Bett. Und noch eines: ich hoffe, du kommst nicht auf die Idee, in unser Bett zu kriechen!"

Angelos grinste.

„Wenn du im Bett genauso diktatorisch bist, würde ich es ohnehin nicht aushalten", erwiderte Migiakis.

„Er IST im Bett diktatorisch. Und ich liebe es", sagte Khaled.

Bevor Migiakis im Zimmer verschwand, drehte er sich nochmals um und sagte:

„Ich hätte nie gedacht, dass ich diesen Satz je sagen würde: ich bin froh, dass ich dich kenne, Angelos! Und danke für deine Hilfe!"

„Tja, erst hast du mich gehasst, dann war ich eine Nervensäge und Klette und irgendwann waren wir bei ‚Freund' angelangt. Ein weiter Weg. Aber da wir bei ‚Freund' sind, lasse ich dich nicht hängen. Versprechen kann ich aber nichts. Ich kann keine Wunder vollbringen!"

„Bei mir schon. Und dafür wird es jetzt Zeit", sagte Khaled.

„Ach? Wie war das vorhin mit ‚alter Mann'?", antwortete Angelos und grinste.

„Das mit der Sexsperre hast du doch nicht ernst gemeint?"

Khaled schaute perplex.

Angelos lachte.

„Allein für das Gesicht muss man dich lieben. Dann möge der Prinz seine Hosen herunterlassen. Oder hättest du gerne einen Befehl?"

„Befehle sind viel besser", sagte Khaled.

„Dann küss er mir die Füße, Unwürdiger!", antwortete Angelos.

# 18

Der nächste Morgen begann ungewöhnlich früh.

Angelos und Khaled Nikakis waren Spätaufsteher. Bürgermeister Angelos Nikakis erschien grundsätzlich nicht vor 12 Uhr mittags.

„Vorher kann ich nicht klar denken", sagte er immer.

„Weniger Sex, mehr Schlaf", empfahl der frühere Richter Mantzaris.

In dieser Nacht war es viel Sex und wenig Schlaf und so sahen die beiden sehr verknautscht aus. Viel schlimmer war der Zustand von Premierminister Migiakis.

„Der arme Kerl sieht aus, als hätte er keine Minute geschlafen", flüsterte Khaled in Angelos´ Ohr.

„Hätte ich auch nicht, wärst du entführt worden. Wenn wir nur wüssten, ob dieser Pavlos ein Strohmann ist oder es wirklich ernst meint, was ich im Leben nicht glaube", sagte Angelos.

„Du hast aber keine hohe Meinung von unserer Spezies", antwortete Khaled.

„Nein. Da hast du recht!"

Khaled stellte das Tablett mit Espressi auf den Tisch.

„Also …", begann Angelos, als das Handy brummte.

Es war Giorgios, der Hafenmeister.

„Sorry, aber der Kapitän des Schiffs will auslaufen. Er muss nach Santorini!"

„Der fährt nirgendwo hin", sagte Angelos.

„Er will sich in Athen beschweren", gab Giorgios zu bedenken.

„Oh, sag ihm, der Premierminister sitzt bei mir am Küchentisch und er kann ihn gerne anrufen!"

„Nicht zu fassen. Antonis, kannst du irgendein Schiff der Marine hierher beordern? Die zwei Yachten, die wir am Ausgang des Hafens platziert haben, schiebt das Riesenschiff einfach beiseite.

Antonis nickte nur und griff zum Handy.

„Was sage ich als Begründung?"

„Dass du eine Sexparty feiern und deine Ruhe haben willst. Lass dir was einfallen. Irgendeine Virusgrippe", sagte Angelos.

Als die vier wieder am Tisch saßen, besprachen sie das weitere Vorgehen.

„Ich kümmere mich um den Kontakt zu Abu Bakar und fahre zum ‚Scorpio´s'! Khaled, du fährst schon zum Hafen. Ich komme nach. Antonis und Gabriel, Ihr schaut die Kameraaufnahmen durch, am besten schon ab zwei Stunden vor der Tat!"

Wenn es denn eine war, dachte Angelos.

Wieder brummte das Handy und wieder war es Giorgios vom Hafen.

„Chef. Schlechte Nachrichten. Der Kapitän war gerade hier. Offensichtlich fehlt noch einer aus der Mannschaft!"

Angelos seufzte.

„Lass mich raten: ein Steward?", fragte er.

„Hellseher?", lautete die Gegenfrage.

„Nein. Kommissar und Realist. Sch ….!"

# 19

Angelos raste nach Paraga. Vor dem „Scorpio´s",
dem angesagtesten Beachclub der Insel, hielt er
an. Jeder Kommissar einer Partyinsel kennt die
Drogenszene. Jeder Versuch, Drogengebrauch
gänzlich zu unterbinden, muss scheitern. Es gibt
einfach zu viele Konsumenten und es sind keines-
wegs nur die „Partypeople", sondern auch
gesetzte, ältere Herren, die mit ihrem weiblichen
Besuch, meist unter zwanzig, die ein oder andere
Line durchziehen.

Auf einer Insel ist die Einfuhr ohnehin noch
einfacher. Jedes Boot kontrollieren, das Mykonos
anläuft? Absurd.

Und so geht man meist einen Kompromiss ein: die
Verkäufer auf der Insel, meist in den Bars und
Beachclubs, achten darauf, dass es keine Exzesse
gibt. Kein Verkauf an Jugendliche und generell
nur beschränkte Mengen. Und man befolgte
diese Linie. Jeder Clubbesitzer will Ohnmächtige
oder gar Tote in seinem Etablissement verhindern.
Der Ruf wäre beschädigt, vom Ärger ganz zu
schweigen.

Es funktionierte. Der letzte Drogentote auf
Mykonos starb vor drei Jahren. Der Besitzer der Bar
verlor die Lizenz, die Steuerfahndung haftete an
ihm wie eine Klette und die Eltern des Jungen
verklagten ihn. Es war eine Lehre – und Warnung -
für alle am System Beteiligte.

Der Versuch, den Drogenbaronen nahezukom-
men, war zum Scheitern verurteilt. Die Ägäis mit

ihren Tausenden von Inseln bot unzählige Verstecke und Transportwege.

Doch: Kommissar Nikakis wusste genau, wer was und wieviel verkaufte.

Er entschied, denjenigen zuerst zu befragen, der ihm antworten *musste*. Kostas, Besitzer des Beachclubs in Paraga, hatte vor zwei Jahren ein Geständnis unterschrieben, das seitdem in Angelos´ Tresor lag. Und es sollte dort auch bleiben, wenn, ja wenn Kostas die eine oder andere Information liefert. Das tat er zuverlässig, denn er wusste: Nikakis verriet nie, woher er etwas wusste.

Kostas saß in seinem Büro und erschrak.

„Himmel. Kannst du nicht klopfen?", fragte er Angelos. „Du könntest dir ein paar Kugeln einfangen!"

„Und du könntest dir die Steuerfahndung einfangen", antwortete Angelos.

„Ich brauche deine Hilfe", fügte er hinzu.

„Das sind ja ganz neue Töne", erwiderte Kostas grinsend.

„Das war nur höflich formuliert. Ich will, dass du ein Gespräch mit dem großen Boss arrangierst!"

Kostas schaute irritiert.

„Der Boss hier bin ich", sagte er.

„Ja, hier in dem Laden. Ich meine den Herrn, der dich mit Drogen versorgt!"

Kostas wurde bleich.

„Ich, äh, ich …"

„Ich weiß: du verkaufst keine Drogen und kennst auch niemand, der das tut", sagte Angelos lächelnd.

„Du hast es erfasst", sagte Kostas.

Doch da hatte Angelos ihn schon am Shirt gepackt und an die Wand gedrückt.

„Keine Zeit für Spielchen, Kostas! Sag dem Boss, ich will ihn sprechen!"

„DU willst mit Abu Bakar sprechen? Der bringt dich um. Versucht hat er´s ja schon!", presste Kostas hervor.

„Das lass mal meine Sorge sein", antwortete Angelos.

„Und wie soll ich das bewerkstelligen? Der hat doch kein Call-Center", protestierte Kostas.

„Aha. Und wie gibst du deine wöchentliche Bestellmenge durch?", fragte Angelos.

„Welche wöchen …", begann Kostas, doch da knallte sein Hinterkopf schon gegen die Wand.

„Bist du verrückt geworden? Schon gut. Wir geben die Bestellung immer auf, wenn der Kurier mit der Lieferung kommt!"

„Sehr gut. Neben deiner Bestellung sagst du dem Herrn, ich möchte mit Abu Bakar sprechen. Ein Treffen an einem Ort seiner Wahl, ohne Waffen. Am Liebsten wäre mir ein Schiff", sagte Angelos. Kostas nickte.

„Du bist lebensmüde. Er wird dich an die Fische verfüttern", sagte er.

„Ich bin schwer verdaulich", antwortete Angelos.

# 20

Als Angelos in den Hafen hineinfuhr, konnte er schon aus 50 Meter Entfernung sehen, dass es Zoff gab. Khaled gestikulierte wild, der Hafenmeister schüttelte den Kopf und ein Mann mit Mütze hatte einen hochroten Kopf. Der Kapitän.

„Wo sind wir denn hier? Ein Kriegsschiff, das ein Kreuzfahrtschiff blockiert? Sind wir hier in Somalia? Das widerspricht jedem Seerecht. Ich verlange, dass mein Schiff sofort …"

„KLAPPE", schrie Angelos.

„Erstens ist das kein Kriegsschiff, sondern ein kleines Torpedoboot. Den Unterschied sollten Sie als Kapitän kennen. Zweitens gilt für Sie ein Auslaufverbot, verhängt von den örtlichen Behörden!"

„Aha. Und wo sind diese Behörden?", ätzte der Kapitän.

„Sie stehen direkt vor Ihnen. Ich bin der zuständige Kommissar und Bürgermeister und der Herr neben mir ist der Hafenmeister!"

Der Kapitän murmelte etwas Unverständliches.

„Und warum bitte halten Sie mein Schiff hier fest. Wir sollten schon längst in Santorini sein. Die Gäste laufen Amok und die Reederei auch. Und die wird sie verklagen!"

„Mit dem größten Vergnügen. Auf dem Schiff sind zwei Kapitalverbrechen begangen worden, zwei Entführungen. Das Schiff ist ein Tatort und es müssen Spuren gesichert werden. Und das sieht wohl jedes Gericht so!", knurrte Angelos.

Haben Sie wenigstens einen Durchsuchungsbefehl?", fragte der Kapitän, noch immer
aggressiv.

„Sie schauen wohl zu viele Fernsehkrimis. Man
braucht keinen gerichtlichen Beschluss, wenn
Gefahr im Verzug ist. Im Übrigen habe ich sogar
einen Durchsuchungsbefehl!"

Angelos winkte mit einem Papier.

Auf Mykonos gab es momentan keinen Richter,
nachdem man Mantzaris in den Ruhestand
geschickt hatte. Sehr zum Missfallen von Angelos,
denn der Richter war ihm und Alex sehr wohl-
gesonnen. Die Vertretung saß in Naxos und der
dortige Richter verspürte keinerlei Drang nach
einer Fahrt nach Mykonos. Schon gar nicht für
einzelne Fälle. Und so unterschrieb der Richter
Blanko-Beschlüsse und Blanko-Haftbefehle.

„Aber verhaften Sie nicht die ganze Insel. Ich will
keinen Skandal. Ich gehe in zwei Jahren in
Pension."

„Wie sollte ich, Herr Richter? Wir haben überhaupt
nur eine Zelle", antwortete Angelos damals.

„Herr Kapitän, würden Sie bitte Ihren Ersten Offizier
rufen?"

„Warum?", fragte der Kapitän aggressiv.

„Tun Sie was ich sage, oder Sie liegen Weihnachten noch immer hier!"

Es dauerte fünf Minuten, bis der Erste Offizier sich
zu der Gruppe hinzugesellte.

„Kalimera", sagte Angelos. „Sie übernehmen das
Schiff und können auslaufen, sobald der Hafenmeister Ihnen die Erlaubnis erteilt und wir an Bord
fertig sind!"

„Ich verstehe nicht. Der Kapitän steht doch neben ihnen", sagte der Erste Offizier irritiert, aber Angelos sah, dass ihm die Kommandoübergabe nicht missfiel.

„Nicht mehr lange. Wir nehmen ihn fest wegen Behinderung von polizeilichen Ermittlungen!"

Der Kapitän bekam einen hochroten Kopf.

„Sie sind wohl verrückt", schrie der Kapitän, der sich mit seinem Ersten Offizier offensichtlich nicht gut verstand, denn Letzterer musste sich das Lachen verkneifen – was ihm nicht gelang.

„Khaled, würdest du bitte?", fragte Angelos.

Khaled legte dem Kapitän Handschellen an und führte ihn zum Wagen.

„Wo sind wir denn hier? Ich verlange einen Anwalt", schrie der Kapitän.

„Was hast du vor?", fragte Khaled.

„Ich darf ihn 24 Stunden festhalten. Dann kann er gehen. Der Erste Offizier kann den Kapitän nicht leiden, also wird er kooperativer sein als der, vor allem, wenn ich ihm sage, dass wir seine Kooperationsbereitschaft bei der Reederei lobend erwähnen werden", sagte Angelos.

„Schön wäre es natürlich, wenn das Schiff Mykonos verlässt, bevor wie den Kapitän freilassen. Ich würde vorschlagen: fünf Minuten vorher."

Khaled lachte.

„Jaja, aber wir sind ein Polizeistaat!"

„Du bist in Griechenland und nicht mehr in den Emiraten. Gewöhn´ dich daran", sagte Angelos grinsend.

„Und wo bitte ist der Unterschied?"

## 21

Wir müssten in 1214, bitte. Die Karte müsste ja noch funktionieren, oder?", fragte Khaled.

Äh, ich bin auf der Brücke. Von Kabinen-Handling habe ich keine Ahnung", sagte der Erste Offizier. Die Karte funktionierte.

„Kabine? Das ist eine richtige Suite. Hier könnte ich es aushalten", sagte Khaled.

Angelos lachte.

„Mein Luxus-Boy. Aber für eine Kreuzfahrt musst du dir einen anderen suchen. Zu viele Menschen. Ich würde nach spätestens drei Tagen um mich schlagen", sagte Angelos.

„Aber der Blick ist schon toll!"

Khaled musste ihm Recht geben.

Man sah nicht zur Chora hinüber, durch die Höhe hatte man den Eindruck, man schwebe darüber.

„So, das ist also Antonis´ Liebesnest. Ich kann mir das immer noch nicht vorstellen!" Den letzten Satz flüsterte Angelos in Khaleds Ohr.

„Auch wir werden irgendwann älter", sagte Khaled lächelnd.

Diese Tatsache ignorierte Angelos schon immer.

„Ich bleibe immer schön", sagte Angelos jedes Mal bei der Gelegenheit zu Alex. „Und wenn du faltig und fett wirst, kommst du auf den Kompost!"

Leider landete Alex viel früher als erwartet auf dem Kompost. Kurz erfasste Traurigkeit Angelos und Tränen stiegen hoch, dann riss er sich zusammen.

„Eines ist klar, Khaled. Hier hat das Housekeeping alles restlos beseitigt!"

Angelos nahm sich einen Stuhl und stieg darauf. Er tastete die Holzvertäfelung ab.

An einer Stelle hielt er inne.

„Khaled, stell dich mal bitte auf den Stuhl und taste die Fläche über dem Spiegel ab!"

„Ich würde sagen, das ist eine Art Kleber", sagte er Khaled.

Angelos nickte.

„Eine kleine Stelle. Reicht für eine kleine Kamera. Mit Klemmen wäre sie aufgefallen.

Tja, da wird sich Antonis freuen. Es gibt seinen Pavlos auf CD", sagte Angelos.

„Oder bei ‚You tube'!", ergänzte Khaled.

„Gott bewahre!"

Angelos verließ die Kabine. Der Erste Offizier stand noch immer im Gang.

„Danke, dass Sie gewartet haben. Ok, wir vermissen also zwei Ihrer Stewards. Der eine hieß Pavlos Markaris. Und der zweite, den Sie gemeldet haben?

„Alex Sofianidis. Ich kenne ihn nicht persönlich. Aber er ist erst seit zwei Wochen bei uns. 22 Jahre alt. Steht jedenfalls hier. Sie wissen, die Reeder nehmen nicht alles so genau!"

„Vor allem das Zahlen von Steuern", fügte Angelos lachend hinzu.

„Und bei Pavlos Markaris?", fragte er.

Der Erste Offizier schaute auf seine Liste.

„Der Zweite? Auch erst seit ein paar Tagen hier an Bord. 19 Jahre. Es gibt aber ein Problem. Er heißt nicht Pavlos Markaris sondern Petros Samaris!"

„WAS??"

„Schauen Sie sich den Eintrag selbst an", sagte der Erste Offizier und zeigte Angelos den Eintrag in dem Buch:

‚Steward Petros Samaris n.z.D.e., Polizei und Reederei gemeldet!'

„'Nicht zum Dienst erschienen', heißt das", sagte der Erste Offizier.

Angelos verdrehte die Augen.

Beim Verlassen des Schiffs sagte er zu Khaled: „Zwei schlechte Nachrichten für Antonis. Sein Lover benutzte einen falschen Namen und die Turnübungen wurden gefilmt!"

„Müssen wir ihm das jetzt erzählen? Er ist ohnehin schon am Boden", gab Khaled zu bedenken.

„Du hast recht. Gabriel aber müssen wir einweihen. Er soll die Namen checken, ob irgendetwas anliegt. Natürlich über fünf Ecken, damit es nicht auffällt", sagte Angelos.

Sie waren schon fast beim Auto, als ihnen der Erste Offizier hinterherrief. „Moment!"

„Vielleicht eine Info, die Sie brauchen können. Zwei Kollegen meinen, Sofianidis ist definitiv kein Grieche. Er hat angeblich einen komischen Akzent! Können wir auslaufen?"

„Selbstverständlich", sagte Angelos.

„Und der Kapitän?", fragte der Erste Offizier.

Angelos´ Antwort bestand nur aus einem Wort: „Fähre!"

Das war ganz nach dem Geschmack des ersten Offiziers.

# 22

Abu Bakar genoss die Sonne. Er räkelte sich auf seiner Sonnenliege und war mit sich im Reinen. Die Narben der Operation im Gesicht waren fast nicht mehr zu sehen. Und im Gegensatz zu vorher konnte er auch wieder in die Sonne. Bisher stach jeder Sonnenstrahl ins Gesicht wie eine Nadel. Die Herren im Deutsch-Saudischen Krankenhaus in Dubai hatten ganze Arbeit geleistet – und waren dafür fürstlich entlohnt worden. Vorbei die Zeiten, in denen er eine Silikonmaske tragen musste, damit die Menschen bei seinem Anblick nicht sofort losschrien. Trotz der Operation behielt er seinen Spitznamen „die Maske" – máská. Und Abu Bakar hatte gelernt, sein Aussehen als Waffe zu gebrauchen. Ekel und Abscheu und die damit verbundene Angst wirkten wahre Wunder. Allein seine Anwesenheit ließ Menschen erbeben. Seine Verstümmelungen im Gesicht – eine Hälfte und ein Auge fehlten komplett – rührten von einer unfreiwilligen Begegnung mit einem amerikanischen Flammenwerfer her. Abu Bakar überlebte und beschloss, dass er in seinem zweiten Leben nicht mehr Allah, sondern sich selber dienen wird. Dass der Islamische Staat ein Drogenkartell war, das seine Aktivitäten aus den Einnahmen aus dem Handel mit Opiumprodukten bestritt, hatte er schnell begriffen. Danach war es. vorbei mit seiner Begeisterung für den Dschihad. Er wollte selbst an diesem Geschäft teilhaben uns so ließ Abu Bakar Allah Allah sein und wurde zum gläubigen Anhänger von Dollar und Euro.

Er hatte es weit gebracht, dachte er. Erst unterbezahlter Biochemiker in Karatschi, dann Kämpfer in Rakka und nun liege ich an Deck einer der größten und teuersten Yachten der Welt: der „Delphi", vierzig Meter lang und zwölf Meter breit. Pool an Deck, das Innere aus feinstem Teak und voller technischem Spielzeug, darunter ein Mini-U-Boot.

Abu Bakar hatte schnell gelernt: mit jedem Menschen, den du durch eine Maschine ersetzt, sinkt das Risiko. Eine Maschine ist nicht geschwätzig, neidisch und gierig. Wo immer möglich, ließ er Technik für sich arbeiten. Nur an den Stellen, wo man nicht umhinkam, mit Menschen zu arbeiten, saßen tatsächlich lebendige Wesen. Dies galt für die Kommunikation, aber auch hier, wusste der eine nicht, was der andere tat. Und selbst wenn, hätten keiner etwas verstanden.

Auch im Bereich Sicherheit oder Verteidigung der Yacht oder der Transportschiffe, musste Abu Bakar auf Menschen zurückgreifen. Jeder potentielle Kandidat musste sich die berühmte CD ansehen, auf der man verfolgen konnte, wie Abu Bakar einen Menschen mit einer Motorsäge zerstückelte. Durch Adrenalinspritzen war es der „Maske" gelungen, den Mann relativ lang am Leben zu halten, was den Schrecken doch sehr verstärkte. Die meisten Bewerber übergaben sich und die, die blieben, wegen des üppigen Salärs, dachten nicht einmal an Verrat.

„Eine Nachricht von C13!", rief Karim.

C13? Kostas vom „Scorpio's"? Was will der denn, dachte Abu Bakar verärgert.

Kontaktaufnahme nur bei Gefahr – so lautete die Regel.

Karim reichte ihm ein Blatt. Doppelt codiert, sodass außer der „Maske" keiner Nachrichten lesen konnte.

Es dauerte kein zehn Sekunden, dann kam die decodierte Nachricht aus dem Kryptogerät. Ein israelisches Fabrikat, sehr zuverlässig.

Abu Bakar, an vieles gewöhnt, traute seinen Augen nicht:

NIKAKIS WILL TREFFEN. OHNE WAFFEN. AUF SCHIFF WÄRE OK.

Abu Bakar war nicht der Typ, der sich leicht verwirren ließ. Seine Stärke war die Analyse.

Ein Gefühl jedoch konnte er nicht unterdrücken: die Neugier.

Angelos Nikakis. Sein Intimfeind. Zwei Mal hatte der ihn von Mykonos vertrieben. Beim letzten Mal war Abu Bakar nur knapp entkommen. Beide lieferten sich eine Verfolgungsfahrt hinunter nach Panormos. Nur durch ein waghalsiges Manöver konnte sich die Maske in ein Fluchtboot retten.

Das Spiel lief noch. Ich bin wieder zurück auf Mykonos, dachte Abu Bakar. Dort habe ich noch immer das Netz von Kurieren und viel wichtiger: die Kunden. Auf Mykonos verkaufe ich mehr als auf allen anderen griechischen Inseln zusammen. Bisher gab Nikakis Ruhe. Wahrscheinlich bedingt durch den Tod seines Mannes, aber genau wusste Abu Bakar es nicht. Das Geschäft jedenfalls lief gut.

Es war ein Zweikampf zweier Protagonisten, die voreinander Respekt hatten, auch wenn sie es nicht zugeben würden. Beide schätzten die Cleverness und Intelligenz des anderen.

Ich hätte nicht auf ihn schießen sollen, dachte die „Maske". Die Aktion war ohnehin kein Ruhmesblatt für einen Scharfschützen. Abu Bakar hatte Nikakis in die Leber geschossen, statt mitten ins Herz. Und Nikakis hatte dank einer Transplantation überlebt.

Zäh – das musste man ihm lassen.

Und nun dies: warum will er mit mir sprechen? Mich davon überzeugen, keine Drogen mehr zu verkaufen? Lächerlich. Nein. Mir drohen?

Er weiß, dass dies nicht funktioniert.

Nein. ER BRAUCHT MICH. Das muss es sein, dachte Abu Bakar.

Nur so wäre zu erklären, dass er sogar bereit ist, mein Schiff als Treffpunkt zu akzeptieren.

Natürlich weiß Nikakis, dass ihm hier nichts passiert. Das wäre zu plump und würde nicht zu mir passen. Der finale Kampf würde woanders ausgetragen – nicht hier, nicht jetzt.

Noch zögerte er. Eine Falle kann es nicht sein. Ich kann jedes Schiff auf Hunderte von Kilometern orten. Und sollte die Marine auftauchen, würden die ihr blaues Wunder erleben. Nein, Nikakis riskiert doch nicht, dass er bei einem solchen Gefecht selbst in die Schusslinie käme.

Na, dann lassen wir uns doch überraschen, dachte Abu Bakar und setzte sich an einen der Computer.

TREFFEN MORGEN 1400 BEI MIR. POSITION FOLGT.
KEINE WAFFEN, KEINE TRICKS.
FREUE MICH.

Abu Bakar lächelte.
Endlich etwas Aufregung. Ich bin doch etwas
eingerostet.
Karim näherte sich Abu Bakar.
„Chef, Nikos wäre bereit!"
„Ah. Gut. Lasst ihn etwas abhängen!"
Die „Maske" seufzte. Wieder so ein
„menschlicher" Fall. Warum kann der Homo
Sapiens nicht die Klappe halten?
Geltungssucht, Neid und das Allerschlimmste:
Dummheit. Bei Letzterem kannte Abu Bakar keine
Gnade.

# 23

Angelos und Khaled fuhren vom Hafen über
die Umgehungsstraße zum großen Kreis-
verkehr. Wie immer war es ein einziges
Chaos.
In seiner Anfangszeit als Bürgermeister schlug er
vor, eine Ampelanlage zu installieren, doch
Richter Mantzaris zog ihm diesen Zahn schnell.
„Ehe ein Grieche vor einer roten Ampel stoppt,
hält der Osterhase eine Liveansprache im

Fernsehen. Und du würdest auch nicht halten, sondern mit deinem Blaulicht durchfahren!"

Angelos brach damals in Gelächter aus.

Gott sei Dank fuhr Khaled. Araber und Straßenverkehr sind nicht kompatibel. Er fuchtelte, schrie und zwängte sich durch die hupenden Autos hindurch.

„Hoffentlich erkennt mich keiner", sagte Angelos.

„Bei uns kommt man nur so vorwärts", antwortete Khaled.

„'Bei uns?' Hallo? Du hast einen griechischen Ehemann und lebst auf Mykonos! Vergiss dein Emirat!"

„Tschuldigung, Macht der Gewohnheit!"

„Komm, wir machen eine Pause im ‚Burros'. Zuhause ist es mir zu voll", sagte Angelos.

„Das ist mir sehr recht. Ich sehe dich ja nur noch von hinten", antwortete Khaled.

„Sehr witzig. Du wirst immer besser!"

Keine Touristen und fast leer – und so saßen die beiden im verglasten Vorbau.

Angelos griff nach Khaleds Hand.

„Sorry, dass es wieder nicht geklappt hat mit dem Urlaub. Wir haben einfach kein Glück", sagte Angelos.

„Dafür kannst doch du nichts. Bei dir klebt halt ein Schild ‚Anlaufstelle für Verzweifelte' auf der Stirn", meinte Khaled lächelnd.

„Na, dich hab ich ja auch aufgenommen. Einen verliebten Prinzen!"

„Und natürlich hast du es bis heute nicht bereut", sagte Khaled.

„Nein, ausgenommen vielleicht den Streit wegen Gabriel. Aber sonst bin ich ganz zufrieden mit dir!"

„ZUFRIEDEN?", fragte Khaled verdattert.

„Ist ‚glücklich' besser?"

„Sehr viel besser", sagte Khaled. „Außerdem muss der Herr Premierminister irgendwann wieder zurück nach Athen. Ob jetzt mit oder ohne Lover!"

„Ich verwette mein linkes Ei, dass Pavlos oder Petros oder wieauchimmer, nie mehr auftaucht. Aber wir sollten damit warten. Antonis muss sich erst wieder fangen", sagte Angelos.

„Klar. Mir ist aber alles andere als wohl. Was steckt hinter der ganzen Sache? Und am meisten Sorgen bereitet mir dein Treffen mit diesem abartigen Ungeheuer", antwortete Khaled.

„Ach was. Du passt schon auf mich auf. Und dir tut er nichts. Es ist etwas Persönliches zwischen mir und ihm. Außerdem haben wir keine Wahl. Ich bezweifle, dass die Entführer ein Schild in die Kamera gehalten haben, auf dem steht, wo Pavlos ist. Die Aufnahmen werden nichts bringen!", sagte Angelos.

„Na, vielleicht findet unser Super-Agent ja etwas", murmelte Khaled, leider etwas zu laut.

„Lass den Scheiß, Khaled. Oder wir beide bekommen richtig Ärger. Du redest abfällig über jemanden, der sich eine Kugel eingefangen hat, die mich oder auch dich hätte treffen können. Da ist etwas anderes angesagt als Häme oder Eifersucht. Uns sag jetzt nicht: es tut mir leid. Das habe ich schon bei Alex Hundert Mal gehört!"

Angelos stand auf und ging zum Wagen.

Die restlichen 500 Meter herrschte im Auto: Schweigen.

# 24

Teheran

Alipour lächelte breit.
„Es läuft alles ohne irgendein Problem",
sagte er.
„Man verteilt das Fell des Bären erst ... du weißt
sehr wohl, dass wir viel Glück hatten und jederzeit
etwas außer Kontrolle geraten kann. Das solltest
du in deinen zwanzig Jahren beim VEVAK gelernt
haben. Was um zwölf noch gut läuft, geht 5 nach
zwölf den Bach runter. Und es kann dich jederzeit
mitreißen", knurrte Amiri.
Wenn ich etwas hasse, ist es Optimismus. Er
verleitet einen zu nachlässigem Verhalten und
reduziert die Wachsamkeit. Mir sind Zweifler lieber.
Die denken über Alternativen nach. Und die
ersparen einem böse Überraschungen und sorgen
für niedrige Verlustraten beim Personal.
Amiri seufzte. Aber darüber macht sich dieser
Jubelperser Alipour keine Gedanken.
„Wo ist Migiakis?"
„Noch auf Mykonos. Er ist tatsächlich zu diesem
Nikakos", sagte Alipour.
„Nikakis. Du solltest dir doch wenigstens Namen
merken können!" Nicht zu fassen.
„Egal. Migiakis sitzt auf dem Balkon zuhause bei
den Schwuchteln!"
„Und? Über was er redet, will ich wissen, Herrgott!"
„Das weiß ich nicht", sagte Alipour.
„Wieso? Funktionieren die Mikros bei unseren
Drohnen etwa nicht?", fragte Amiri.

„Äh, nein. Die ganze Drohne ist defekt!"

„Was meinst du mit defekt?", hakte Amiri nach.

„Sie wurde abgeschossen", sagte Alipour leise.

„Abgeschossen? Von wem? Und welcher Idiot hat das Ding so gesteuert, dass es auffiel?"

„Das letzte Bild zeigte den Araber mit einem Gewehr. Und der Idiot war einer von Rezas Leuten", sagte Alipour, um Amiris Zorn auf jemand anders zu lenken.

„Wie geschickt. Man lässt die Drohne am Besten über die Terrasse schweben. Warum lackiert ihr sie nicht gleich knallrot und hängt noch unsere Fahne dran?", sagte Amiri gefährlich leise.

„Wann willst du ihn kontaktieren?", schob Amiri hinterher.

„Ich dachte, so in zwei Tagen. Er soll ruhig ein wenig zappeln", sagte Alipour.

„Und so verschaffst du ihnen zwei Tage mehr Zeit. Nein. Kontaktaufnahme heute. Wie geht es den Jungen?"

„Beide in gutem Zustand. Noch", antwortete Alipour.

„Dann sorg dafür, dass es so bleibt. Schau, dass du es irgendwie schaffst, die Gespräche mitzuhören. Wir müssen immer wissen, was sie vorhaben. Das hätte man übrigens schon vorher machen können. Jetzt wäre ein Einbruch viel zu gefährlich. Sie sind alarmiert, spätestens seit der Drohne, Außerdem sind jetzt vier Mann im Haus. Ein schweres Versäumnis. Aber vergebenen Chancen nachzutrauern bringt uns jetzt auch nicht weiter", sagte Atami.

„Und wie soll ich jetzt eine Wanze in dem Haus anbringen lassen. Eine weitere Drohne können wir nicht einsetzen!", entgegnete Alipour.

„Warum nicht? Man braucht sie ja nur intelligent und geschickt steuern", ätzte Atami.

Du redest dich leicht von deinem Sessel aus, dachte Alipour.

„Wir haben nur eine vor Ort. Oder richtiger: hatten!"

„Dann lass welche hinschicken. Und zwar flott. Bin ich der Leiter der Operationsabteilung oder du?"

Alipour sagte nichts. Irgendwann sitze ich auf deinem Stuhl und du in einem dunklen Kerker, dachte er.

Aber Amiri konnte am Gesicht erkennen, was Alipour dachte.

„Wer zu früh mit den Hufen scharrt, fällt schnell, Alipour. Also kümmere dich um diese Operation und nichts anderes. Wenn alles vorbei und gut gelaufen ist: dann kannst du wieder anfangen zu träumen. Es könnte aber auch sein, dass du in Isfahan Kacheln putzt. Oder Schlimmeres!"

Amiri sah in die Akte. Computer hasste er. Computer sind wie Menschen: geschwätzig. Papier hingegen raschelt nur.

„Zurück zum Thema: wie läuft es in Athen?"

„Kouros macht sich gerade an die Arbeit", sagte Alipour.

„Das sollte er auch. Beide Zeitpläne müssen genau abgestimmt sein. Und er soll auf die Türken aufpassen und sie keinesfalls unterschätzen. Er scheint mir auch etwas zu selbst von sich überzeugt", sagte Amiri.

Das „auch" hatte Alipour durchaus gehört.

# 25

Mykonos, Zwei Tage vorher

Keiner der beiden „Jungs" hätte ihm zugestimmt.

Alexos Sofianidis kam langsam zu Bewusstsein, obwohl ihm nur wenig „bewusst" war. Sein Kopf drohte zu explodieren und sehen konnte er nur dunkle und helle Flecken. So, als hätte er eine Zehn-Dioptrien-Brille auf.

Was zum Teufel war passiert?

Habe ich zu viel getrunken oder die falsche Pille eingeworfen? Wenn ich mich nur erinnern könnte, dachte Alexos. Dann registrierte er, dass er an einem Stuhl gefesselt war. Tape. An den Armen und Beinen.

Angst kroch in ihm hoch.

Er versuchte, seine Gedanken zu sortieren.

Ich bin … äh, ja, genau: ich bin Steward auf einem Kreuzfahrtschiff mit dem Namen … Mist. Was war gestern? Dunkel erinnerte Alexos sich daran, dass er diesem arroganten Perser noch einen heißen Minztee bringen musste. Aber danach?

Plötzlich hörte er ein leises Stöhnen. Alexos drehte vorsichtig den Kopf und schaute nach rechts. Er sah einen zweiten jungen Mann.

Den kenne ich, dachte er.

„Petros?", rief Alexos.

Der andere Steward drehte seinen Kopf in Alexos´ Richtung. Oh je, der ist noch benebelter als ich. Petros´ Blick war leer.

„Wach auf, Petros! Wo sind wir hier? Was ist passiert?"

Doch Petros´ Blick blieb starr. Herrgott, wach auf!

„Du bist Alexos, oder? Auch wenn du bestimmt nicht so heißt", flüsterte Petros.

Woher weiß er, dass …

„Die Griechisch ist grauenhaft", sagte Petros leise. „Ich bin Libanese. Aber Libanesen nehmen sie nicht. Also habe ich mir einen griechischen Pass besorgt. In Piräus kein größeres Problem und gar nicht mal teuer!"

„Weißt du, was passiert ist?", fragte Alexos.

Petros schüttelte langsam den Kopf.

„Warum wir? Was macht das für einen Sinn?", fragte Alexos.

„Ich habe nicht die geringste Ahnung", sagte Petros.

Doch das war nicht die Wahrheit. Sein Gehirn fuhr langsam wieder hoch und er begriff, warum man ihn gegriffen haben könnte.

Aber weshalb war Alexos hier, fragte sich Petros. Doch seine Gedankengänge wurden unterbrochen. Die Türe öffnete sich und zwei Maskierte betraten den Raum.

Alexos schrie beide an.

„Bindet mich los, ihr Wichser!"

Einer der Männer schlug ihm mit der Faust so hart ins Gesicht, dass Alexos samt Stuhl auf den Boden knallte.

Der zweite Mann zog eine Spritze aus der Tasche und rammte sie brutal in Alexos´ linken Arm.

Zu zweit packten sie den Körper und warfen ihn in einen Stahlbehälter. Einer der Wäschewagen, dachte Petros.

Er bekam Angst. Ich bin der Nächste, dachte er und bereitete sich auf die Spritze vor.

Doch die Männer öffneten die Tür und schoben den Wagen aus dem Raum. Petros dachte, sie würden zurückkommen. Aber nein. Er blieb unbehelligt. Nun verstand er gar nichts mehr. Außer, dass er tatsächlich Pavlos hieß.

# 26

Mykonos, gleichzeitig

Auch im Hause Nikakis herrschte dicke Luft. Migiakis´ Gebrüll war bis nach draußen zu hören.

„Die können mich alle am Arsch lecken. Und das kannst du ihnen wortwörtlich so sagen, Maria!"

Maria war die Herrscherin des Vorzimmers.

„Ich bin krank. Ist das so schwer zu verstehen?"

Stille.

„Ich werde doch nicht schneller gesund, wenn ich in Athen bin. Es dauert eher länger bei all den Idioten – und bei meiner Alt.. Frau!"

Stille.

„Den Medien buchstabierst du das Wort Grippe. G R I P P E. Du darfst hinzufügen, dass ich kein Ebola habe oder sonst eine tödliche Seuche. Es braucht sich also keiner Hoffnungen machen!"

Stille.

„Wozu habe ich einen Büroleiter und einen Stellvertreter. Jetzt können sie endlich einmal zeigen, ob sie es besser machen!"

Stille.

„Ich weiß, dass mein Stellvertreter dumm wie Brot ist. Als ob ich das nicht wüsste, Maria. Seine handschriftlichen Vermerke würden jeden Grundschullehrer in den Wahnsinn treiben!"

Stille.

„Auch die beiden können mich kreuzweise. Und wehe du gibst dem türkischen oder iranischen Botschafter meine Nummer hier. Oder nein: du gibst die Nummer niemand!"

Stille.

„Besonders nicht meiner Frau! Zu der Grippe kommt noch eine Stimmbandentzündung. Sag es allen!"

Angelos prustete im Hintergrund los.

„Nein. Du brauchst keinen Arzt schicken. Mykonos liegt doch nicht in Afrika, Herrgott! Nein, ich brauche keine Security. Ich wohne hier beim Kommissar! Was soll mir denn da passieren!"

Stille.

„Entschuldige, Maria. Ich weiß, dass du dir Sorgen machst. Gebt mir eine Woche, dann bin ich wieder auf dem Damm!"

Dann legte Migiakis auf und stöhnte genervt auf.

„Ich sehe, als Premierminister hat man es auch nicht leicht", sagte Angelos.

„Diesen Irrsinn mache ich jeden Tag mit. Ich sollte wirklich meinen Hut nehmen und mit Pavlos auf eine einsame Insel ziehen!"

Petros. Er heißt Petros, dachte Angelos, sagte es aber nicht. Es könnte auch sein, dass Pavlos einen anderen Namen gewählt hat, um Antonis zu schützen. Wahrscheinlichkeit? Zehn Prozent.

„Komm, Antonis, lass uns nach draußen gehen", sagte Angelos.

„Oh bitte nicht noch eine Hiobsbotschaft", bat Migiakis.

Sie gingen zur Begrenzungsmauer.

„Du solltest hier ein Bänkchen aufstellen. Es ist traumhaft schön", sagte Antonis.

„Ja. Wenn du es jeden Tag siehst, registrierst du es nicht mehr. Leider", antwortete Angelos.

Alles sah friedlich aus. Die Kite-Surfer im unteren Teil von Ornos flogen durch die Lüfte. Im Hafen lag bereits das nächste Kreuzfahrtschiff.

Angelos entschloss sich, nichts zu sagen.

Zumindest nichts über Pavlos´ falschen Namen.

„Wie lange dauert es, bis sie sich die Entführer melden?", fragte Migiakis.

„Ich hatte bisher drei Entführungen. Eine generelle Regel gibt es nicht. Es hat auch schon fünf Tage gedauert. Manche wollen dadurch einen größeren psychischen Druck erzeugen", sagte Angelos.

Antonis Migiakis ließ die Arme hängen.

„Das halte ich nicht aus!"

„Das muss nicht schlecht sein. Es gibt uns mehr Zeit, das Versteck zu finden. was mir Sorgen macht, ist das Motiv. Meist ist es Geld. Dann aber entführt man jemand, bei dem eine reiche Familie im Hintergrund steht", sagte Angelos.

„So wie bei Khaleds Schwester?", fragte Antonis.

„Genau. Du bist zwar ein Gauner, dennoch glaube ich nicht, dass du vermögend bist!"

„Auch wenn du es nicht glaubst: ich habe nie irgendwelche Bestechungsgelder angenommen", antwortete Migiakis.

„Dann wärst du der erste Premier Griechenlands, der nicht korrupt ist", sagte Angelos schmunzelnd.

„Ich hoffe, die Sache geht nicht so aus wie bei der Prinzessin", sagte Migiakis.

Angelos schwieg.

„Versprechen kann ich es dir nicht. Aber wir tun, was wir können. Glaub mir, ein Treffen mit Abu Bakar stand auf meiner Wunschliste ganz unten!"

„Ich weiß. Ich bin dir auch dankbar. Wie immer es auch ausgeht. Und ich weiß sehr wohl, welches Risiko du eingehst", sagte Migiakis.

„Mir sind schon öfters Kugeln um die Ohren geflogen. Manch eine auch zwischen die Ohren!", antwortete Angelos. „Aber ich nehme Khaled mit, als Back-up wie man heutzutage sagt!"

„Es war keine Venusfalle", sagte Antonis.

„Bitte?", fragte Angelos, den der Themenwechsel überraschte.

„Gabriel hat mir erklärt, was eine Venusfalle ist. Und dass sie zum Standardprogramm von Geheimdiensten gehört. Aber ich glaube es einfach nicht. Ich bin auch nicht der typische, wie heißt das? Sugardaddy?"

Angelos lachte.

„Ein Premier als Sugardaddy wäre mal was Neues!"

„Ja. Schöne, neue Welt. Aber laut Gabriel hält ein Sugardaddy seinen Zögling aus und macht ihm

Geschenke. Pavlos wollte nie Geld. Erwartete keine Geschenke. Sonst wäre ich doch misstrauisch geworden, ich bin nicht naiv, Angelos!"

„Gabriel hat also einen Crash-Kurs ‚Schwulsein im 21. Jahrhundert' mit dir gemacht!"

„Schwul und Agent ist doch eine interessante Kombination. Er hatte einige tolle Geschichten auf Lager", sagte Antonis.

Hoffentlich hat er nicht die falschen Geschichten erzählt, dachte Angelos.

„Ich sage ja nicht, dass Pavlos eine Show abgezogen hat oder ein kompletter Fake ist. Du hast recht. Ist kein Geld im Spiel oder Erpressung, macht die Venusfalle wenig Sinn. Es blieben dann in deinem speziellen Fall nur politische Gründe. Denk nach, Antonis. Was könnte es sein?"

„Ich habe die ganze Nacht nachgedacht, Angelos. Mir fällt partout nichts ein. Druck und Lobbyisten sind mein tägliches Brot. Dafür hätte man Pavlos nicht entführen müssen. Warum haben die sich nicht meine Frau gegriffen?"

Angelos lachte.

„Wie viel Lösegeld hättest du denn bezahlt?"

„Drei Euro fünfzig", sagte Antonis und lächelte.

Immerhin, dachte Angelos.

„Und was würdest du für Pavlos zahlen?"

„Alles, was ich mir von euch leihen kann", sagte Migiakis.

Angelos lachte.

„Ich meine es ernst, Angelos. Mein Geld wird nicht reichen!"

„Na Gott sei Dank habe ich einen reichen Mann geheiratet. Also sollte es daran nicht scheitern. Du kannst also beruhigt sein!"

Angelos legte den Arm um Antonis und schob ihn Richtung Haus.

# 27

Als die beiden in die Küche (oder besser: den Technikraum) kamen, saßen Khaled und Gabriel am Tisch. Khaled hatte den Arm um Gabriel gelegt. Ah, ein Friedensangebot, dachte Angelos.

„Unser General hat etwas entdeckt", sagte Gabriel.

„Du bist nur Oberstleutnant, du Angeber", sagte Angelos und strich Khaled durch das Haar. Friedensangebot akzeptiert.

„Und was hat das Duo infernale herausgefunden?"

„Das links ist die Kamera am Pier. Im Zeitraffer von 23 Uhr bis Sonnenaufgang", sagte Khaled.

„Ich sehe gar nichts", antwortete Angelos, nachdem die gut sieben Stunden auf zwei Minuten komprimiert worden waren.

„Eben. Pavlos wurde also nicht an Land gebracht. Jetzt hatte unser Fast-General die Idee, dass am Pier am Alten Hafen eine Kamera installiert ist, die in der Blickverlängerung genau das Kreuzfahrtschiff im Visier haben müsste, also die Seeseite", sagte Gabriel.

Stimmt, dachte Angelos, der die Kameras vor zwei Jahren hatte installieren lassen. Aus ursprünglich acht wurden 204. Alex hatte damals protestiert. Da hat jeder Polizeistaat weniger, lautete sein Argument. Ja, aber ein Polizeistaat hat Polizisten und die habe ich nicht. Sieben Polizisten, uns eingeschlossen. Und tatsächlich fühlten sich Touristen wie Bewohner deutlich sicherer. Die Zahl der Taschendiebstähle fiel um mehr als 80 Prozent.

„Aber die Kamera ist einen Kilometer entfernt", gab Angelos zu bedenken.

„Genau 865 Meter", korrigierte ihn Gabriel.

„Klugscheißer", sagte Angelos und gab Gabriel eine leichte Kopfnuss.

Er freut sich selbst darüber, dachte Khaled.

„Dann zoomt mal hoch!"

Wie erwartet war das Bild nicht scharf, zudem war die Dunkelheit nicht hilfreich. Da Kreuzfahrtschiffe aber auch nachts die Festbeleuchtung angeschaltet haben, wurde dieser Nachteil fast ausgeglichen.

Es war laut Kamera 4.23 Uhr, als an auf der dem Meer zugewandten Seite eine Versorgungsluke geöffnet wurde. Ein kleines Boot näherte sich und zwei Mann warfen einen länglichen Sack in das Boot. Eine Minute später war die Luke zu und das Boot verschwunden.

Flott, dachte Angelos, den das Gesehene nicht erfreute, Eine Verbringung an Land hätte geheißen: Pavlos/Petros (oder Pavlos und der Zweite) ist/sind wahrscheinlich auf der Insel. Ein Boot bedeutete: man hat ihn mit großer Sicherheit auf einem Schiff gebracht und dann konnte er sonst wo sein. Wahrscheinlich in der hintersten Türkei oder in Syrien. Im dortigen Chaos fiele niemandem etwas auf oder besser: niemand interessierte sich dafür.

Khaled hatte die gleichen Gedanken.

„Was mich aber wundert: wenn du genau hinsiehst: der Sack ist viel zu klein, als dass zwei Personen darin Platz hätten!"

„Kann man einen Maßstab einblenden?", fragte Angelos.

„Aber klar", sagte Gabriel.

„Wie schwer ist Pavlos? Du musst es doch wissen, schließlich lag er oft genug auf dir", sagte Angelos zu Antonis und lächelte.

„Komiker. Keine Ahnung. Ich schätze ihn auf 68 bis 70 Kilo, er ist nicht besonders groß. Ungefähr meine Größe", antwortete Migiakis.

„Also Pygmäe", sagte Angelos. „Gut. Sagen wir der andere hat die gleiche Größe und das gleiche Gewicht. 140 Kilo. Man könnte sie mit Tape zusammengebunden haben. Schauen wir nochmal, wie schwer das Paket war!"

Gabriel fuhr die Sequenz zurück.

„Zwei kräftige Männer und 140 Kilo. Kein großes Problem. Es könnten aber auch nur 70 Kilo sein. Herrgott. Was meint ihr?"

Die anderen zuckten mit den Schultern.

„Und das bedeutet endgültig: wir brauchen die Hilfe von Abu Bakar", sagte Angelos und war sichtlich nicht erfreut, aber er hatte damit gerechnet.

High noon auf offener See.

Hoffentlich verfüttert er mich nicht an die Fische, dachte Angelos.

# 28

Migiakis´ Handy brummte.

„Maria, was ist denn nun schon wieder. Ich habe geschlafen", log Migiakis.

Stille.

„Was will Nikos? Mich besuchen? Kommt überhaupt nicht infrage! Zum Donnerwetter, ich bin krank!"

Nikos war der Chef des griechischen Geheimdienstes EYP.

Stille.

„Eine dringende Angelegenheit? Meine Gesundheit ist auch dringend!"

Stille.

„Die nationale Sicherheit? Hat er Sorge, dass die Türken mit Döner-Kanonen angreifen?"

Stille.

Angelos kam näher und flüsterte Migiakis ins Ohr: „Lass ihn kommen, Antonis!"

„Gut, Maria. Soll er herkommen! Er soll sich aber kurzfassen, sonst schmeiße ich ihn raus. Und sag ihm, dass, wenn es um irgendeinen unwichtigen Mist handelt, ich ihn nach Lesbos versetze!"

Nach Lesbos wollte schon vor der Flüchtlingskrise kein Grieche freiwillig.

Als das Gespräch mit der Villa Maximos, dem Amtssitz des Premierministers, beendet war, ließ Antonis die Arme hängen.

„Das kann nur heißen, dass sie Bescheid wissen. Ich bin erledigt", sagte er.

Angelos überlegte.

„Nein. Das glaube ich nicht. Wenn Nikos es wüsste, würde er als Erstes zum Oppositionsführer rennen, um eine Jobgarantie zu erhalten – oder den Posten des Innenministers. Zweite Möglichkeit: er gibt die Info weiter an die Medien, gegen Geld!"

Angelos hatte keine hohe Meinung von Nikos und seinem Dienst. Bei der Affäre um den russischen Überläufer versagte der eigene Dienst auf der ganzen Linie. Nicht genug damit: ein Verräter hatte Angelos´ Ex-Mann erschossen.

„Stimmt. Er meinte, es ginge um die nationale Sicherheit. Ich glaube nicht, dass ein 19-jähriger die Sicherheit Griechenlands gefährdet", sagte Antonis.

„Außer, er vögelt den Premierminister zu Tode", meinte Angelos grinsend.

„Ich sollte Abu Bakar bitten, dir den Mund zuzunähen", antwortete Migiakis.

# 29

Hast du die Glock überprüft?", fragte Angelos.
„Ich bin Soldat", sagte Khaled lächelnd.
„Ich bitte um Verzeihung, Herr General!"

Eine Stunde zuvor war die Antwort Abu Bakars eingetroffen. Kurz darauf folgten die GPS-Daten. Angelos hatte zurückgeschrieben, dass Khaled dabei sein würde.
Die Antwort war knapp. OK. MISSTRAUISCH?

„Seid vorsichtig", sagte Gabriel. „Alleine hier im Haus wäre langweilig!"
„Wer sagt, dass du unseren Palast erbst?", antwortete Angelos grinsend.
„Viel Glück. Ich werde euch das nicht vergessen", sagte Migiakis. Er hat wirklich Angst um uns, dachte Angelos. Man sieht es ihm an.
Als Angelos und Khaled im Wagen saßen, sagte Angelos:
„Du musst nicht mitkommen, Khaled. Es ist eine Sache zwischen mir und Abu Bakar!"
„Und damit ist es auch meine Sache. Ich lasse dich dort nicht alleine hin", antwortete Khaled.

„Und das wäre der Moment für einen zärtlichen Kuss", sagte Angelos.

„Aber gerne. Vielleicht ist es unser letzter", meinte Khaled grinsend.

„Nein. Er wird uns nichts tun. Besonders nicht dir. Er hat auch Alex nie behelligt. Das muss eine Art Ehrenkodex sein: ein Duell zwischen  mir und ihm!"

„Heißt, er respektiert dich. Und du meinst, das reicht, ihn zu überzeugen, dass er uns hilft?", fragte Khaled skeptisch.

„Im Leben nicht", antwortete Angelos.

Im Hafen hatte Hafenmeister Giorgios Khaleds Yacht schon startklar gemacht.

Auf dem Display erschien die verbleibende Zeit bis zum vereinbarten Treffpunkt: 22 Minuten und 12 Sekunden.

21 Minuten und 30 Sekunden später betrat Abu Bakar den Nebenraum.

Er verzog das Gesicht.

„Hättet ihr hier drin nicht kärchern können? Es stinkt bestialisch!"

Abu Bakar näherte sich der Gestalt, die seit dem Vortag von der Decke hing.

„Nikos, Nikos Charisteas. Du solltest mehr auf deine Körper-hygiene achten. So kann man doch nicht unter Leute!"

Abu Bakar schaute aus dem Bugloch. Das Timing musste stimmen.

„Warum glaubst du, hängst du hier wie ein Schinken?"

„Bitte … ich war das … nicht. Du musst … mir glauben", stammelte Nikos.

„Ich glaube niemandem, außer mir selbst. Und manchmal misstraue ich mir selber", sagte Abu Bakar und lachte.

„Du hast auf eigene Rechnung gearbeitet, Nikos. Und das führt in jedem Betrieb zur fristlosen Kündigung!"

Erneut sah er nach draußen. Ah, da kommen sie, dachte Abu Bakar.

„Nun, Nikos, eine fristlose Kündigung heißt in meinem Betrieb: fristloser Tod!"

„Bitte … ich habe … zwei Kinder", flehte Nikos und bäumte sich kurz auf.

Abu Bakar gab seinen Männern ein Zeichen. Daraufhin zogen sie Handschuhe an, gingen auf Nikos zu und rissen die Oberschenkel auseinander. Dann schoss Abu Bakar Nikos Charisteas einen Nagel durch den Hoden.

Nikos´ Schrei war infernalisch.

„Es bleibt wohl bei zwei Kindern", sagte Abu Bakar und verließ den Raum.

# 30

Khaled drehte gerade bei, als er und Angelos den tierähnlichen Schrei hörten und instinktiv in Deckung gingen.

„Was zum Teufel war das?", fragte Khaled.

„Keine Ahnung", sagte Angelos.

„Ich sollte dir auf alle Fälle sagen, dass ich dich liebe!"

„Das macht mir jetzt richtig Mut. Du wirst mich auch weiter lieben. So wie ich dich auch. Äh, trotzdem festmachen?", fragte Khaled.

Angelos war sich nicht sicher, doch da erschien Abu Bakar an Deck.

„Herzlich willkommen! Ah, was für eine schöne Yacht. Es hat Vorteile, einen vermögenden Ehemann zu haben", sagte Abu Bakar.

„Was war das für ein Schrei?", fragte Angelos.

„Nichts Ernstes. Einer meiner Männer hat ein Problem mit seiner Familienplanung!"

Er streckte die Hand aus und zögernd nahm Angelos sie an.

„Und Sie sind Khaled. Oder muss ich ‚Königliche Hoheit' sagen?"

„Nein. Khaled reicht! Und auf Arabisch fügte er hinzu: „Wenn ihm etwas geschieht, jage ich Sie bis ans Ende der Welt!"

„Oh, ein verliebter Rächer. Wir sollten bei Englisch bleiben. Arabisch ist doch etwas unhöflich, nicht wahr? Und Griechisch? Nun ja, Sprachen sind nicht meine Stärke", sagte Abu Bakar.

„Gehen wir doch nach unten!"

Im Salon bat er Angelos und Khaled, auf dem Sofa Platz zu nehmen.

„Siehst du, es geht noch deutlich luxuriöser als auf meiner Yacht", sagte Khaled.

Abu Bakar lachte laut auf.

Gut gemacht, Khaled, dachte Angelos. Guter Einstieg.

„Sag mal, was ist denn das für ein Gestöhne? Klingt nach Sex", sagte Khaled.

„Äh, nein. Einer meiner Mitarbeiter hat Probleme. Wollen Sie ihm etwa helfen?", fragte Abu Bakar.

„Sie dürfen gerne nach ihm sehen", fügte er hinzu.

TU ES NICHT, dachte Angelos, aber Khaled war schon unterwegs zu der Türe.

Er öffnete sie – und knallte sie nach fünf Sekunden wieder zu. Khaled hielt sich an der Klinke fest und übergab sich.

Angelos packte ihn unter dem Arm und führte ihn vorsichtig zur Couch.

„Da … da … ist …", begann Khaled, musste aber erneut heftig würgen.

Angelos ging zu besagter Türe und öffnete sie. Auch er verspürte den Drang, den Mageninhalt von sich zu geben, fing sich aber.

„Für einen Soldaten ist dein Mann aber sehr empfindlich. Ein Schreibtischgeneral?", fragte Abu Bakar.

„Sollte das eine Demonstration deiner Macht sein?", fragte Angelos.

„Das habe ich nicht nötig. Es war eine Disziplinar-maßnahme. Was macht man denn in den Emiraten, wenn das Personal nicht spurt?"

„Man jagt ihnen zumindest keine Nägel in die Hoden", knurrte Khaled, der noch immer weißer war als ein Blatt Papier.

„Erschieß ihn bitte. Der Schrei dürfte als Abschreckung genügen", sagte Angelos.

„Wenn du meinst", antwortete Abu Bakar und ging zu der Türe. Er zog eine Glock mit Schalldämpfer und erlöste Nikos von seinen Schmerzen.

„Hast du dasselbe mit mir vor?", fragte Angelos, der ein seltsames Ziehen in den Hoden verspürte. Abu Bakar lachte.

„Nein. Du wirst das Schiff unbeschadet verlassen können. Dein Mann natürlich auch. Ich bin einfach zu neugierig, was du von mir willst. Außerdem wäre es stillos, schließlich haben wir ein besonderes Verhältnis!"

Ob Nägel in Hoden stilvoll sind – da hatte Angelos so seine Zweifel.

# 31

Athen

Kouros griff zum Handy. Er baute eine neue Karte ein.

„Alladin? Ich habe nicht viel Zeit. Hör zu. Es ist in der geplanten Spanne nicht zu schaffen. Ihr müsst alles in die Länge ziehen!"

Genau das, was ich vorhatte, dachte Alipour.

„Der Chef wollte schon heute mit Phase 2 beginnen. Aber ich werde ihm mit Vergnügen sagen, dass du das für unsinnig hältst!"

„Unsinnig ist eine Untertreibung. Es ist schlicht gefährlich für mich. Und für euch", sagte Kouros.

„Beruhige dich, bitte. Es läuft alles nach Plan!"

„Dass Migiakis immer noch nicht da ist, macht es mir sogar leichter. Dennoch ist mir unwohl bei dem Gedanken, dass er bei Nikakis sitzt. Dem fehlt es weder an technischen noch finanziellen Mitteln. Und beide sind eng befreundet. Niemand weiß, seit wann und vor allem warum. Und nein, Migiakis ist nicht schwul, bevor du es mit diesem Unsinn versuchst. Obwohl man es bei seiner Frau verstehen könnte", sagte Kouros.

Alipour lachte.

„Du musst alles in die Länge ziehen. Das ist in fünf Tagen nicht zu schaffen. Ich muss Dutzende Gespräche führen und außerdem wird es teurer als gedacht!"

„Das macht nichts. Wie haben ja eine zusätzliche Einnahmequelle", antwortete Alipour und lachte.

„Noch eine Info: unser zweiter Mann fliegt heute Abend nach Mykonos, um Migiakis in die richtige Richtung zu schieben!"

„Aber er soll vorsichtig sein. Und er soll herausfinden, was Nikakis vorhat", mahnte Alipour.

„Na ja. Ehrlich gesagt, halte ich unseren zweiten Mann nicht gerade für den Hellsten", sagte Kouros.

„Das haben Chefs so an sich", pflichtete ihm Alipour bei.

„Egal. Das Wichtigste ist mehr Zeit. Mindestens zwei Tage. Ihr MÜSST das schaffen", mahnte Kouros an.

„Das kriegen wir hin", sagte Alipour.

Kouros drückte das Gespräch weg und baute erneut die Karte aus.

Ganz schöner Verbrauch, dachte er.

# 32

„Du machst Witze", sagte Abu Bakar.

Er weiß tatsächlich nichts, dachte Angelos. Das konnte er aus Bakars Gesicht lesen.

Abu Bakar lachte laut auf.

„Der alte Sack und ein griechischer Jüngling! Du weißt schon, dass wir Araber alle Griechen für schwul halten!"

Angelos drehte seinen Kopf zu Khaled. Und der nickte.

„Aha. Dann wären wir vor 2000 Jahren ausgestorben, ihr Gehirnakrobaten", sagte er.

„Aber das ist nicht unser Thema!"

„Und was genau möchtest du von mir?"

„Ich brauche deine Technik und deine Leute auf der Insel. Sonar- und Radarbilder, Drohnen und die Augen deiner Helfershelfer", sagte Angelos.

„Könnte ich alles liefern", sagte Abu Bakar.

„Es bleibt nur eine Frage: warum sollte ich? Wir sind nicht das, was man gute Freunde nennt!"

„Bei einem Geschäft sollten immer beide Seiten profitieren", sagte Angelos.

Abu Bakar lächelte.

„Das hört sich schon besser an", stellte Bakar fest. „Und was schwebt dir vor?"

„Etwas, was für dich unbezahlbar ist. Keine Verfolgung. Und Ruhe. Ich lasse dich zwei Jahre unbehelligt. Du kannst deine Ware auf Mykonos verkaufen, ohne dass dich jemand stört. Weder ich noch eine andere Behörde. Unter der Voraussetzung, dass der Stoff sauber ist und es ruhig auf der Insel ist. Keine genagelten Kuriere, keine Schießereien und keine Tote", schlug Angelos vor.

Abu Bakar lächelte.

„Ein weitreichendes Angebot. Nun, auch ich will keine Unruhe. Das schreckt vor allem meine betuchten Kunden ab. Sie brauchen das Gefühl, nichts Gewöhnliches zu tun, obwohl sie genau genommen nichts anderes sind als Drogensüchtige!"

„Heißt das, wir sind im Geschäft?", fragte Angelos.

„Drei Jahre", antwortete Abu Bakar.

„Drei Jahre im Erfolgsfall. Es muss ja einen Anreiz geben", sagte Angelos grinsend.

Abu Bakar lachte.

„Erfolgsfall heißt: der kleine Stricher muss leben, richtig?"

Angelos nickte.

„Einverstanden! Es ist ein Vergnügen, mit dir Geschäfte zu machen. Ich hoffe, du hältst dich daran. Aber was sage ich, Angelos Nikakis hält sein Wort immer!"

„So ist es. Und es muss schnell gehen!"

Abu Bakar stand auf und öffnete eine weitere Türe.

Dahinter verbarg sich ein Technikraum, auf den das griechische Oberkommando neidisch wäre. Khaled staunte.

„Das ist ein Gefechtsstand!"

„Ich bin täglich im Gefecht", antwortete Bakar und lachte.

„Ich brauche ein Foto und genaue Uhrzeiten. Ich möchte ungern an Land gehen. Treffen wir uns morgen wieder hier?"

Angelos nickte.

„Aber bitte ohne die Einlage mit der Nagelpistole!"

„Das kann ich nicht versprechen", sagte Abu Bakar.

„Du brauchst noch den Zugangscode für die Kameras", fiel Angelos noch ein.

Abu Bakar hielt den Kopf schräg und lächelte.

„Alles klar. Warum kandidierst du nicht als Bürgermeister?", fragte Angelos.

„Ich bin Pakistani und spreche kein Wort Griechisch. Ich bezweifle, dass ich auf 93% komme. Und warum sollte ich?", antwortete Abu Bakar.

Und grinste.

# 33

Himmel. Der arme Kerl mit dem Nagel wird mich mein Leben lang verfolgen. Wieso hast du so cool reagiert?", fragte Khaled, als sie wieder im Auto saßen.

„Ich musste auch kämpfen. Aber ich habe schon Leichen in einer Wagenpresse gesehen. Oder geköpfte. Glaub, mir: das stumpft ab", sagte Angelos.

„Traust du ihm?"

„Es ist ein fairer Deal. Schau: Auf Mykonos wird es immer Drogen geben. Einfach deswegen, weil die Nachfrage dafür da ist. Reiche, junge Party-gänger. Und mir ist es lieber, die Ware ist nicht gestreckt oder gepanscht. Außerdem gibt es in anderen Orten Revierkämpfe. Kuriere werden überfallen. Es gibt Tote und Verletzte. Dann ist es besser, das Ganze sauber zu organisieren und mit zu kontrollieren. Und Abu Bakar hat genau dieselben Ziele", sagte Angelos.

„Kommissar und Drogenbaron Hand in Hand. Soviel zum Rechtsstaat in Europa. Bei uns …", begann Khaled.

„Ähem", knurrte Angelos.

„Äh, in meinem früheren Land … besser? … landen solche Leute im tiefsten Kerker!"

Angelos lachte.

„Zufällig kenne ich zwei Herren im Geheimdienst von Dubai, die auf Abu Bakars Gehaltsliste stehen. Also erzähl mir nichts!"

„Na bravo", sagte Khaled leise.

„Ihr lebt noch: freut mich", sagte Gabriel, als die beiden zuhause eintrafen.

„Jemand anders nicht mehr", murmelte Khaled, dem der punktierte Hoden noch immer nachging.

„Wo ist Antonis?", fragte Angelos.

Er hat sich ins Bett gelegt. Er ist krank, schon vergessen? Wenn Latsis kommt, sollte es wenigstens so aussehen", sagte Gabriel.

„Stimmt", sagte Angelos. „Dann überbringen wir die gute Nachricht später. Mit Abu Bakar steigen unsere Chancen gewaltig. Und von mir aus kann er vor den Entführern mit der Nagelpistole herumfuchteln – sofern ich nicht dabei bin!"

„Ich bitte auch nicht", sagte Khaled.

# 34

Was willst du?", grummelte Migiakis und versuchte, heiser zu klingen. Auf dem Nachttisch stapelten sich Medikamente, um den Anschein einer Krankheut zu erwecken.

„Entschuldige, Antonis. Aber es ist nun mal dringend", sagte Nikos Latsis, Chef des griechischen Geheimdienstes.

„Die nationale Sicherheit, ich weiß", brummte Migiakis sichtlich ungehalten. „Komisch, vor wenigen Tagen, als ich noch gesund war, konnte ich keine Bedrohung Griechenlands erkennen. Und die türkischen Spielchen kennen wir doch seit Jahren. Ich hoffe, du bist nicht deswegen hier!"

Latsis schüttelte den Kopf.

„Nein. Ich hätte dich nicht behelligt, wenn es nicht dringend wäre. Es geht um die Gas-Pipeline!"

„Die Gas-Pipeline?? Da steht keinerlei Entscheidung an. Nicht vor Januar. Es stehen noch geologische Gutachten aus und diese dumme Umweltverträglichkeitsprüfung. Allein schon dieses Wort. Aber was zum Teufel soll eine nationale Bedrohung sein, wenn das erst in einigen Monaten entschieden wird. Ehrlich gesagt, steht diese Pipeline auf der Problemliste auf Platz 149!"

Migiakis beschloss, dass es Zeit für einen Hustenanfall wird.

„Aber es wird im Hintergrund fleißig gearbeitet", sagte Nikos.

„Geht es etwas konkreter? Ich bin nicht sehr geduldig im Moment", knurrte Antonis Migiakis.

„Hör zu. Die Türken machen auf allen Kanälen Druck. Über die Amerikaner und die Russen!"

„Und das soll etwas Neues sein? Sie wollen von den Iranern Durchleitungsgebühren in Milliardenhöhe. Außerdem könnten sie jederzeit den Hahn abdrehen. Alles nichts Neues!"

„Ja. Aber du musst diese Variante verhindern. Dass unsere Gasversorgung in den Händen der Türken liegt, darf nicht passieren. Das gefährdet unsere Souveränität!"

Migiakis lachte.

„Souveränität? Wo lebst du denn? Wir werden fremdbestimmt. Mal von Brüssel, mal von Moskau oder Peking. Oder mitunter von allen zusammen.

Das gilt aber für jeden Staat. Und die ganzen Argumente für und gegen die Türkei-Lösung kenne ich zur Genüge. Herrgott, ich bin der Premierminister. Aber entschieden wird erst, wenn alles auf dem Tisch liegt. Was zum Teufel scherst du dich darum?"

„Ich denke schon, dass ein Geheimdienst für die Sicherheit eines Landes zuständig ist", meinte Latsis beleidigt.

„Ich dachte immer, dafür bin ich zuständig. Oder im Ernstfall das Militär", keifte Migiakis zurück.

Aber nur solange du noch im Amt bist und das ist nicht mehr lange, dachte Latsis.

„Und welchen Rat gibt mir der weise Vorsitzende des EYP?", fragte Migiakis.

„Es darf unter keinen Umständen die Route durch die Türkei sein. Das gäbe außerdem einen Aufstand in der Bevölkerung und in den Medien!"

„Ach Quatsch. Der ‚böse Türke' funktioniert nicht mehr als Schreckgespenst. Ich kann den Sultan auch nicht ausstehen, aber um ihn geht es nicht. Und nochmal: das wird im Januar entschieden!"

„Wir müssen jetzt etwas unternehmen, sonst fällt die Entscheidung hinter unserem Rücken. Es wird mit Geld gearbeitet, um Stimmen zu kaufen?"

„Ach ja? Namen?", fragte Migiakis.

Latsis sagte nichts.

„Genau das habe ich mir gedacht. Nichts Konkretes. So kenne ich deinen Laden!"

„Es kommt nur Variante 2 in Betracht", sagte Latsis.

„Von der iranischen Küste durchs Schwarze Meer nach Bulgarien. Als ob es bei der Lösung keine

Probleme gäbe. Keine fünf Minuten später steht der US-Botschafter in meinem Büro und tobt. Der geht raus und der Russe steht da, und bietet eine Variante von Russland aus an. Dann fehlen nur noch die Chinesen. Das alles muss sorgsam überlegt werden. Und dazu braucht es Gespräche. Genau deswegen fällt die Entscheidung im Januar. Damit man in Ruhe alles abwägen kann!"

„Dann ist die Entscheidung längst gefallen, weil hinter den Kulissen schon Stimmen gesammelt werden. Oder gekauft werden", sagte Latsis.

„Dann nenn mir endlich Namen! Oder lass mich in Ruhe mit deiner Scheiß-Pipeline. Ich habe momentan andere Probleme", brüllte Migiakis.

Latsis lächelte innerlich.

Oh ja. Das glaube ich dir gerne.


„Und? Alles mitbekommen?", fragte Migiakis Angelos, als wieder alle zusammen in der Küche saßen.

Angelos nickte.

„Das war vollkommen überflüssig. Niemand macht sich im Moment Gedanken über diese blöde Pipeline", sagte Migiakis.

„Es gibt offensichtlich doch Leute, die sich dafür interessieren. Sag mal, was ist in Wahrheit deine Meinung?"

„Jetzt fängst du auch noch an. Ich bilde mir meine Meinung, wenn alles auf dem Tisch liegt, also frühestens im Dezember. Wenn ich dann noch im Amt bin, oder …"

„Ich hätte nie gesagt, dass ich das einmal sagen würde, aber: Vertrauen wir Abu Bakar. Ich bin mir sicher, dass wir morgen schon viel weiter sind", sagte Angelos.

„Im Übrigen steigen die Chancen, dass dein Pavlos doch keine Venus-Falle war", fügte er hinzu.

„Wie kommst du jetzt darauf?", fragte Antonis.

„Bauchgefühl, Antonis – lediglich ein Rumoren im Bauch!", sagte Angelos.

Migiakis lächelte.

„Hoffentlich ist es nicht nur eine Blähung!"

# 35

Es war kurz nach zehn, als Gabriel von der Küche nach oben rief:

„ANGELOS! KHALED! DIE ENTFÜHRER! SIE RUFEN IN 15 MINUTEN AN!"

Herrgott. Nicht mal die Nachtruhe halten diese Idioten ein, dachte Angelos und schüttelte Khaled.

„GABRIEL! MACH ESPRESSO UND RUF ANTONIS", rief Angelos.

Kurz darauf saßen alle in der Küche und warteten.

„Der Anruf kam auf Antonis´ Handy und ich bin ran. Ich habe gesagt, er schläft noch und dass ich ihn hole", sagte Gabriel.

„Ok", brummte Angelos.

Kurz darauf brummte das Handy erneut.

„Migiakis?", fragte eine Stimme.

„Nein. Nikakis. Ich führe die Verhandlungen. Notieren Sie folgende Nummer: 69-3334876. Kontakt nur über diese Nummer. Rufen Sie in einer Stunde an", sagte Angelos und drückte das Gespräch weg.

„Bist du verrückt? So kannst du doch nicht mit Entführern reden", blaffte Migiakis wütend.

„Wenn es Profis sind, haben sie genau das erwartet", sagte Angelos. „Vertrau mir!"

Im Fall von Khaleds Schwester war der Ablauf der gleiche.

Eine Stunde später erfolgte die nächste Kontakt-aufnahme.

„Ich brauche ein Lebenszeichen von Pavlos. Und zwar kein Foto. Ein kurzes Video und er soll eine Zeitung von heute hochhalten. Schicken Sie das Video. Ist es ok, sprechen wir eine Stunde später über die Forderung und Übergabe!"

„Was hat er gesagt?", fragte Antonis.

„Ok. Was soll er sonst sagen? Jetzt warten wir auf das Video", sagte Angelos.

Zehn Minuten später war es da.

„Khaled. Spiel es bitte auf die Bildschirme!"

Angelos setzte sich neben Antonis.

„Jetzt sehen wir mal, ob du in Sachen Männer einen guten Geschmack hast. Ich kenne ihn ja nur vom Foto", sagte Angelos.

„Ich will gar nicht hinschauen. Wenn sie ihm etwas getan haben", sagte Migiakis.

„Die Ware beschädigen, bevor das Geld da ist? Unwahrscheinlich", meinte Khaled.

„Er ist KEINE WARE", blaffte Migiakis.

„Ok, wir beruhigen uns alle. Und los!"

Man sah einen jungen, gutaussehenden Mann, der auf einen Stuhl zuging, sich setzte und dann eine Zeitung in die Kamera hielt. Nach zehn Sekunden stand er auf und verschwand. Zu sehen blieb nur der Stuhl. Die Aufnahme hatte keinen Ton.

„Er lebt", sagte Antonis erleichtert.

„Und hat keine sichtbaren Verletzungen. Das Datum stimmt auch", meinte Angelos.

„Lass es nochmal laufen. Schauen wir auf Details wie Umgebung", schlug er vor.

„Schau wie seine Finger zittern", sagte Antonis und seufzte.

„Spul zurück, Angelos. Das ist kein Zittern", sagte Gabriel plötzlich.

„Was meinst du?", fragte Angelos.

Zwei Mal schaute sich Gabriel die Sequenz an.

„Das … sind …. MORSEZEICHEN. ZURÜCK!"

Angelos schaute verwundert.

„Ein S, gefolgt von einem A, ein G, ein A – das müsste ein P sein", begann Gabriel.

„S´ÁGAPO. Ich liebe dich", rief Angelos.

Man konnte sehen, wie die Anspannung aus Migiakis´ Körper wich. Tränen liefen ihm übers Gesicht.

„Ich muss sagen: der Junge sieht gut aus und ist offensichtlich clever. Jetzt müssen wir ihn nur noch freibekommen", sagte Angelos und strich Antonis durchs Haar.

„Und das kriegen wir hin!"

Die Forderung kam kurz darauf:

Drei Millionen Euro.

Übergabe nach Schnitzeljagd, wie Angelos es nannte.

Nehmen Sie das Handy mit, sie erhalten dann weitere Instruktionen.

Angelos versuchte das Bild von Khaleds Schwester zu verscheuchen. Safiye, die mit einem Kopfschuss auf dem Boden lag. Er war so zuversichtlich, aber auch im Fall Safiye war es ein Verräter, der die Strippen zog.

Angelos überlegte, ob sein Team sauber war.

Ja. Jeder war ihm persönlich eng verbunden und Migiakis hatte ein hohes Eigeninteresse daran, dass sein Schatz überleben würde. Dass alles ein grandioses Schauspiel von Migiakis war: ausgeschlossen. Seine Erleichterung und seine Tränen beim Anblick des Videos – beides war echt.

Bleibt Abu Bakar. Angelos dachte um drei Ecken herum. Hatte er all das geplant, um die Vereinbarung zu erreichen, die ihm freie Bahn garantierte?

Nein. Als er von der Geschichte erfuhr, war er einen Moment sprachlos. Er wusste wirklich nichts von Antonis und dem Jungen.

Was Angelos beunruhigte: er hatte keinen Schimmer, wie der zweite Junge in das Puzzle eingesetzt werden musste. Vielleicht ist es nur ein Zufall und der Zweite ist aus einem ganz anderen

Grund verschwunden. Die Entführer erwähnten auch keine zweite Person. Es blieb mysteriös.

Dann erinnerte sich Angelos an die Worte seines Mentors bei der Polizei in Athen. Siopsis hatte ihm eines eingeschärft:

„Regel eins: Zufälle gibt es nicht! Du kannst alle Regeln und Lektionen vergessen, aber: diesen Satz musst du dir merken!"

Angelos ging zu Alex´ Grab.

„Bist du da, agapi-mou?"

„Ich bin immer da. Habe ja nicht gerade viel zu tun", sagte Alex.

„Du kannst nicht zufällig in die Zukunft sehen?", fragte Angelos.

Alex lachte.

„Leider nein!"

„Ich habe Angst, dass es genauso ausgeht wie bei Khaleds Schwester!"

„Was nicht unsere und schon gar nicht deine Schuld war. Hat dir Khaled jemals einen Vorwurf gemacht?"

Angelos schüttelte den Kopf.

„Nein. Nie. Wahrscheinlich, weil er mich mehr liebt als seine Schwester. Und die hat er vergöttert!", flüsterte Angelos. Mit Toten muss man nicht laut reden. Sie sind immer da.

„Ich bin zwar nicht das Orakel von Delphi, aber ich hätte zwei Tipps, wenn du sie hören möchtest", sagte Alex.

„Habe ich jemals deine Meinung nicht hören wollen?", fragte Angelos.

„So war es nicht gemeint, arkoudaki-mou. Aber hör zu: erstens ist Khaled ein toller Ehemann, viel pflegeleichter als ich. Nimm es nicht als selbstverständlich. Punkt 2: ich würde mir nochmals Gedanken machen über den Besuch von gestern!"

„Nikos Latsos? Ich habe mitgehört und Antonis gebeten, eine Liste derjenigen zu machen, von denen er sicher weiß, dass sie für die eine oder andere Variante sind", sagte Angelos.

„Dann bist du auf dem richtigen Weg. Ich bin, äh, war zwar kein überdurchschnittlicher Kommissar, aber irgendetwas sagt mir, dass es nicht um den Jungen oder Geld geht. Das eigentliche Ziel könnte banaler sein: Migiakis für eine Zeit aus dem Athener Spiel zu nehmen!"

„Dann sollte man die Zeitspanne relativ kurz halten. Hoffentlich kann ich den Jungen retten. Er ist wohl doch kein Stricher und auch keine Venus-Falle!"

„Mein Geschmack ist er nicht. Zu jung, zu blond", sagte Alex.

Angelos lachte.

„Und was ist dein Geschmack?"

„Saublöde Frage. Wen habe ich denn geheiratet?. Aber Khaled gefällt mir zunehmend", sagte Alex und lachte.

„Unverschämtheit. Ich sollte mit dem Heimleiter da oben sprechen, dass er dir deine Ex-Frau öfters vorbeischickt", sagte Angelos.

„Gott bewahre. Ich liebe dich, Großer!"

Ich dich auch, dachte Angelos und ging zurück ins Haus.

Er nahm Khaled in den Arm.

„Wann müssen wir los?", fragte Angelos.

„Ich würde sagen, in einer halben Stunde", sagte Khaled.

„Wir fahren JETZT und genießen ein wenig die Zweisamkeit auf der Yacht", schlug Angelos vor. Khaleds Augen leuchteten.
„Zu Befehl, Kapitän!"


# 36

Angelos zog sich das T-Shirt über den Kopf. „Bitte nochmal", sagte Khaled mit dem Schmollmund eines Kindes.
Angelos lachte.
„Du bist einfach süß, mein Prinz! Aber der Herr mit der Nagelpistole schätzt vielleicht keine Unpünktlichkeit!"
„Na, DAS wollen wir verhindern. Ich muss sagen, ich freue mich jetzt jedes Mal, meine Eier zu sehen, ohne Nagel!"
„Es wäre auch schade um das Königliche Gehänge", sagte Angelos und küsste Khaled.
„Und jetzt Anziehen und Haltung annehmen. Wir sind wieder im Dienst!"

Zehn Minuten später erreichten die Herren Nikakis Abu Bakars Yacht.
Der stand zur Begrüßung schon an Deck.
„Kalimera, die Herren! Es gibt Neuigkeiten", sagte Abu Bakar.
„Genau das hatte ich erhofft", sagte Angelos.

„Kommt mit!"

Im Gegensatz zu ihrem ersten Besuch, war der „Salon" voll mit Bakars Mitarbeitern. Auf jedem freien Platz stand ein Notebook und alle arbeiteten fieberhaft. Gleiches galt für den Technikraum.

„So, bitte alle den Raum verlassen. Ich möchte mit meinen Gästen alleine sein", sagte Abu Bakar. Lautlos verließen die Männer den Raum.

„Lass mich raten. Jeder hat die Nagel-CD gesehen?", fragte Angelos.

„Nein, die mit der Haifütterung", antwortete Abu Bakar.

Angelos schluckte. Er hatte sie auch gesehen.

„Aber es gibt Wichtigeres: wir haben so einiges", sagte der Drogenbaron sichtlich stolz.

„Da dies ein schwimmender Satellit ist, habe ich nichts anderes erwartet", sagte Angelos.

„Gut. Fangen wir in der Nacht an. Schau auf Monitor 4 und die Uhrzeit. Der Punkt neben dem Kreuzfahrtschiff ist die Schaluppe, in der der Junge oder die Jungs von Bord geschafft wurden. Jetzt verfolge den Punkt!"

Der Punkt bewegte sich erst Richtung offene See, zur Hauptschifffahrtsroute, wahrscheinlich, um in diesem Gewirr in Deckung zu gehen. Hätte funktioniert, wären unsere Geräte nicht so gut. Jetzt schau mal, was die machen!"

„Sie fahren wieder zurück", sagte Angelos.

„Nicht nur das. Sie umfahren den Leuchtturm und landen im Nordosten Bei ..., mit einem Auge kann ich das nur schlecht sehen ...", sagte Abu Bakar.

„Merchias", sagte Angelos. „Hast du ein Bild?",

„Nächster Monitor. Zufällig hatte ich eine Drohne über der Insel", Abu Bakar grinste.

„Zufällig", sagte Angelos und lachte.

„Es ist halt recht dunkel", meinte Abu Bakar.

„Sie bringen den Sack an Land", mischte sich Khaled ein. „Und da ist nur einer drin. Garantiert. Bei zwei kämen sie auf dem Sand nicht so schnell vorwärts!"

„Du hast recht. Ich glaube fast, der zweite Junge hat mit der Sache nichts zu tun. Dann wäre in dem Sack Pavlos", vermutete Angelos.

„Er ist also tatsächlich noch auf der Insel. Und der Nordosten ist zwar relativ groß, aber dünn besiedelt. Da müssten wir ihn schnell finden!"

„Damit würdest du den Premierminister glücklich machen", sagte Khaled.

„Und das wollen wir doch alle", fügte Abu Bakar grinsend hinzu.

„Irgendwas Verdächtiges bei den Flügen?", fragte Angelos hoffnungsvoll.

„Nein, aber etwas Anderes. Wir müssen zu dem Monitor rechts. Da laufen deine Kamerabilder auf!"

„Schön", knurrte Angelos. „Dann brauche ich mir sie in Zukunft nicht mehr ansehen!"

„Soll ich dir nun helfen?", fragte Abu Bakar.

„Natürlich", sagte Khaled schnell, um die Situation zu entspannen. „Er betrachtet die Kameras als seinen persönlichen Besitz. Mach bitte weiter!"

Abu Bakar tippte auf dem Keyboard.

„Das ist vor dem proton-Supermarkt auf der Straße zu dem Kaff in der Mitte!" Er meinte Ano Mera.

„Jetzt schau auf den Typ mit dem roten Basecap neben dem Smart", sagte Abu Bakar.

„Nicht gerade das klassische Entführerfahrzeug. Hat keinen Kofferraum. Fahrender Schuhkarton", meinte Khaled.

„Ihr sollt auf den Typen schauen! Was macht er? Ich zoome mal hoch!"

Angelos ging näher heran.

„Er baut die Karte aus. Gut, da kann es mehrere Gründe geben", sagte Angelos.

„Schon. Aber nicht für das, was er gleich macht. Schau genau hin!"

Der Mann baute nicht nur die Karte aus, er warf sie in den Gully. Und das Handy hinterher.

„Na, also ich würde sagen, so etwas machen …"

„ … Entführer, um dem Tracking zu entgehen", sagte Angelos.

„Kennst du den Typ. Zuföllig?"

„Nein, Angelos, aber schaut auf das Tattoo!"

Abu Bakar zoomte es hoch. Das Tattoo prangerte am rechten Oberarm.

„Ein Weihnachtsbaum", sagte Khaled.

Abu Bakar lachte.

„Nicht ganz. Eine Zeder!"

„Also ein Libanese", stellte Angelos fest.

„Würde ich sagen. Gut, kriminelle Libanesen gibt es überall. Eine Folge des Bürgerkriegs. Du hattest als Junger nur zwei Möglichkeiten: du wirst Gangster. Oder du gehst zur Hisbollah", meinte Abu Bakar.

„Du hast drei Jahre in Beirut gearbeitet, oder?", fragte Angelos.

„Ja, sagen wir ‚gearbeitet'", antwortete Abu Bakar.

„Und was sagt dein Gefühl?", fragte Khaled.

„Was sollen Kriminelle mit dem Lover des Premierministers? Da ist nicht viel Geld zu holen und man
hat einen ganzen Staat gegen sich. Da entführe
ich doch lieber den Sohn eines Milliardärs. Das ist
lohnender. Warum es aber die Hisbollah sein sollte
– keine Ahnung", sagte Abu Bakar.
Angelos hingegen fiel ein Grund ein.

# 37

Könntest du herausfinden, wer der Typ ist?",
fragte Angelos.
„Wozu?", fragte Abu Bakar.
Angelos schaute verdattert. Was ist denn das für
eine Frage?
„Mit einem besseren Foto könnte man die
Gesichtserkennung …", begann Angelos.
„Brauchen wir nicht. Das Kennzeichen des Herrn
taucht auf den Kameras Richtung Nordosten
auf!"
„Soll dies heißen, du WEISST, wo man Pavlos
festhält?"
„Ich denke schon. Es ist aber nicht Merchias,
sondern Fugo", sagte Abu Bakar.
Angelos lachte. Der Klassiker.
„Foko. Hat mit dem Fisch nichts zu tun!"
„Wie auch immer. Der Herr Bürgermeister hat an
der Abzweigung eine Kamera installieren lassen.
Im absoluten Nirgendwo. Ein Polizeistaat", flachste
Abu Bakar. „Aber nicht die schlechteste
Entscheidung!"

Jetzt nahm er ein i-pad und wischte.

„Der Herr verschwand in diesem Haus. Den Wagen stellte er aber hinter der Kuppe ab. Auch nicht ganz unverdächtig, oder?"

Angelos hatte damit zu tun, die Erkenntnis zu verarbeiten, dass Abu Bakar mit seinen Möglichkeiten und seinen Männern Fortschritte gemacht hatte, die ansonsten Tage gedauert hätten.

„Du kannst den Mund wieder schließen", sagte Abu Bakar, den das Ganze mehr als amüsierte. „Endlich bin ich dir mal eine Nasenlänge voraus!"

„Frage: Die Geldübergabe soll um 20.00 Uhr sein. Das bedeutet, dass mindestens zwei Mann das Haus verlassen werden. Einer, der das Geld aufnimmt, wo auch immer. Einer, der ihn absichert. Also wäre der beste Zeitpunkt kurz vor acht. Dann sind im Haus schon mal zwei Gegner weniger. Kannst du ein paar Mann abstellen, um uns zu helfen?", fragte Angelos.

„Du kannst ein ganzes Bataillon haben. Die machen das Haus in Sekunden platt", sagte Abu Bakar.

„Vielleicht wäre es gut, wenn der Junge am Leben bliebe und eventuell einer der Entführer zur Befragung", antwortete Khaled.

„Letzteres soll natürlich ich übernehmen", stellte Abu Bakar fest.

„Ist nicht so unser Fachgebiet", sagte Angelos grinsend.

„Noch eines: kannst du Bewegungsdaten dieser beiden Herren besorgen oder vielleicht Messages und Mails lesen?"

Abu Bakar sah auf die Liste.

„Das ist ja richtige Prominenz. Ja, ich werde sehen, was ich tun kann!"

„Gut. Dann sollten deine Leute um 1900 bei mir sein. Und du achtest darauf, ob sich etwas Ungewöhnliches tut", bat Angelos.

„Für meinen Lieblingskommissar tue ich fast alles!" Noch immer war trotz der Operation die Mimik beim Lächeln etwas schief.

Als Angelos und Khaled von Bord waren, sagte Khaled:

„Mit den Mitteln könnte man Kriminalität radikal beseitigen!"

Angelos lächelte.

„Aber nicht, wenn der Herr über die Daten der Oberkriminelle schlechthin ist!"

„Ich bin froh, dass er auf unserer Seite ist – und hoffentlich bleibt", meinte Khaled.

„Er tut es ja nicht aus Sympathie, sondern aus Eigennutz. Und genau deswegen wird er sich an die Vereinbarung halten", sagte Angelos.

„Wir sollten nur aufpassen, dass uns die Entführer keine Kugeln verpassen!"

„Da mache ich mir keine Sorgen. Du hast einen General an deiner Seite. und der kann schießen", sagte Khaled und schmunzelte.

„Oberstleutnant, du Angeber!"

„Wie sah er eigentlich vor der OP aus?", fragte Khaled.

Angelos versuchte, sich zu erinnern.

„Die eine Hälfte des Gesichts war weg. Der halbe Mund, ein Teil der Nase, natürlich das Auge. Und das Gewebe sah aus wie eine Mondlandschaft. Aber mit der Maske war es nicht besser. Sie erschreckte die Menschen noch mehr. Er sah wirklich aus wie ein Monster. Und daraus hat er Kapital geschlagen!"

„Glaubst du, dass das ihn zum Menschenverächter gemacht hat? Er mag keine Menschen, deswegen hat er auch kein Problem, sie zu foltern!", sagte Khaled.

„Ich denke, dass jeder, der Bekanntschaft mit einem Flammenwerfer gemacht hat, einen bleibenden Schaden behält, unabhängig von den Verbrennungen. Und davor hat er erleben müssen, dass das, woran er geglaubt hat, ein Kalifat, nichts als eine Lüge war. Er war ja in Rakka, mitten im IS, und hat gesehen, wie sie sich finanziert haben: mit Drogenhandel. So ist er überhaupt in dem Business gelandet. Allerdings weiß ich, wie es ist, wenn man sein Gegner ist. Du hast gesehen, was er für Möglichkeiten hat", meinte Angelos.

„Wir sollten ein bisschen aufrüsten. Er kann uns sicherlich helfen. Geld haben wir ja", schlug Khaled vor.

Angelos lachte.

„Eine Flakstellung auf dem Dach?"

„Sei nicht albern. Da ist der Hubschrauberlandeplatz. Ich denke, das wäre eine sinnvolle Anschaffung. Schließlich muss man mobil sein", sagte Khaled mit unschuldiger Miene.

Angelos verzog das Steuerrad ein wenig.

„Nein, oder?"

„Doch", antwortete Khaled. „Aber beruhige dich. Er ist gebraucht!"

„Lass mich raten: wie das Haus ein Schnäppchen", knurrte Angelos.

„So ist es!"

# 38

Mykonos, Foko

Eine HP MP5K, eine Steyr, eine Glock 9 mm, einen Granatwerfer GS, 4 Blendgranaten und 2 Handgranaten.

Angelos traute seinen Augen nicht.

„Alles von Amazon?", fragte er Abdelkarim.

„Fundsachenbüro", lautete die Antwort.

„Zumindest dürften wir besser ausgestattet sein als die im Haus", stellte Angelos fest.

„Mit Sicherheit!", meinte Abdelkarim. „Die werden den Tag ihrer Geburt verfluchen. Für das Fluchen bleibt ihnen aber wenig Zeit!"

„Abdelkarim, bitte vergesst nicht, dass man Geiseln möglichst befreit und nicht zerreißt", sagte Angelos.

„Deine Begleiter sehen so aus, als kämen sie direkt aus Syrien!"

„Kommen sie auch, Angelos. Das macht sie so wertvoll!"

„In Syrien lernt man ja auch filigran vorzugehen. Mit Fassbomben und ähnlich zielgenauen Geräten", meinte Angelos spöttisch.

„Mit dir als Boss käme ich gut zurecht. Du bist witzig. Unterhaltsamer als mein jetziger!"

Angelos lachte.

„Leider brauche ich in einem griechischen Rathaus keine Nahkampfmaschinen!"

„Da unterschätzt du meine Fähigkeiten gewaltig", antwortete Abdelkarim.

„Ich hab es nicht böse gemeint. Du bist ein guter Mann. Zumindest werde ich dich nie festnehmen. Ist doch auch schon was", sagte Angelos und lächelte. „Wollen wir?"

Sie hatten das Haus links vom Restaurant in Foko gut im Blick. Leider gab es einen Nachteil: es lag inmitten einer Freifläche, einem Parkplatz.

Es wird ein Gemetzel, dachte Angelos und sagte leise zu Khaled:

„Du hältst dich zurück. Mir reicht ein toter Ehemann!"

„Vergiss es. Und was ist mit mir, wenn es dich erwischt?!"

„Bitte, du siehst doch ..."

„Angelos, ich bin kein Greenhorn und das will ich dir endlich zeigen", sagte Khaled bestimmt.

„Vielleicht könntest du den Nachweis ein anderes Mal erbringen?"

„Nö!"

„Arabischer Dickkopf!", raunzte Angelos.

Die anderen vier Mitstreiter waren bereit und zwei krochen über die vertrocknete und plattgewalzte Wiese.

„Deckung", flüsterte Abdelkarim. Angelos nickte. Dann passierte etwas, was niemand voraussehen konnte: ein Motorradfahrer ließ seine Maschine an, etwa 300 Meter entfernt am Strand von Foko. Das Ding röhrte wie ein Betonmischer.

Oh Gott, sie werden automatisch aus dem Fenster sehen.

Kaum gedacht, brach die Hölle los. Ein Klirren. Sie hatten das Glas aus dem Fenster geschlagen, um freies Schussfeld zu haben. Die zwei auf der Wiese waren ohne jede Chance.

„Khaled", schrie Angelos. „Triffst du mit der Blendgranate durch das Loch im Fenster?"

Hinter dem einzigen Felsen waren sie relativ geschützt. Abdelkarim machte sich in einer kleinen Bodensenke klein.

Angelos gab ihm Zeichen. Er deutete auf die Granate, dann auf Khaled und dann auf sich und die Steyr.

Abdelkarim nickte.

Gleichzeitig eröffneten sie das Feuer, während Khaled sich halb aufrichtete und die Granate warf – und traf.

Angelos war kurzzeitig baff.

„Kein Greenhorn", sagte Khaled.

„Gut. Dann das gleiche mit dem Tränengas!"

Auch dieses Mal traf Khaled mit Leichtigkeit.

Dann hörte Angelos einen einzelnen Schuss. NEIN, dachte er. Nur ein Blinzeln später stürmten drei Mann aus dem Haus, heftig um sich schießend. Aber sie sahen nichts mehr.

Zwei Feuerstöße genügten.

Dann herrschte wieder Stille. Das Rauschen des Meeres war zu hören.

„Mist", sagte Angelos und gab Abdelkarim ein Zeichen.

Gebückt liefen Abdelkarim, Angelos und Khaled zu dem Haus. Hoffentlich hat sich nicht einer auf dem Boden auf die Lauer gelegt. Tränengas kann man leicht umgehen: flach auf den Boden pressen. Aber es rührte sich nichts.

Sie erreichten die Türe. Das Haus war leer.

Bis auf den jungen, blonden Mann, der ein Loch in der Stirn hatte.

Angelos ließ die Arme hängen.

Zumindest war es nicht Pavlos, es war der zweite Junge.

„Hier lebt noch einer dieser Arschlöcher", rief Abdelkarim.

Angelos kam hinzu und sagte:

„Lang macht es der aber nicht mehr!"

„Und deswegen bekommt er jetzt Adrenalin und ein paar Verbände. Der Hubschrauber ist gleich da. Wir schaffen ihn auf die Yacht in das, äh, Befragungszimmer", sagte Abdelkarim.

„Er wird sich wünschen, hier gestorben zu sein", meinte Angelos.

„Auf jeden Fall!"

# 39

Als Angelos und Khaled wieder in ihrem SUV saßen, zitterte Khaled.

Angelos legte den Arm auf dessen Schulter.

„Es hat dich an deine Schwester erinnert, richtig?"

Khaled nickte.

„Der Junge lag genauso auf dem Boden wie Safiye. Armer Kerl!"

„Vor allem bleibt die Frage: was hat er damit zu tun?", fragte Angelos. „Aber vielleicht wissen wir mehr nach Abu Bakars Befragung!"

„Ja. Mit Bohrmaschine und Nagelpistole. Er soll die

Leiche ins Meer werfen", sagte Khaled.

„Ja. Lektion 5 ‚Wie werde ich Kommissar?‘",
meinte Angelos.

„Lektion 5? Ah, ja: Leichen gehen immer unter,
egal, ob im Pool oder Meer", sagte Khaled.
Angelos nickte.

„Na, dir fehlt nicht mehr viel zum Kommissar. Ein
Kommissar mit Yacht, Jet und Hubschrauber!!"
Schnell korrigierte sich Angelos.

„Natürlich: unsere Yacht, unser Jet und unser
Hubschrauber!"

„Braver Angelos". Khaled grinste.

„Was sagen wir Migiakis? Ist das eine gute Nachricht, dass es nicht Pavlos war? Ich weiß es nicht",
sagte Angelos.

„Er lebt noch. Bauchgefühl Regel 7", entgegnete
Khaled.

Angelos lachte.

Sie kamen wieder in Ano Mera an, im zivilisierten
Teil von Mykonos. Der Nordosten ist so dünn
besiedelt wie Sibirien. Und genauso kalt, sagt
Angelos immer. Der Nordwind pfeift hier
besonders stark.

Eine Stunde war vergangen, weil sie warten
mussten, bis die Leichen abtransportiert waren.

Sie passierten das Ortsschild, als Angelos scharf
bremste und rechts ranfuhr. Die Folge war ein
Hupkonzert.

„Himmel, was ist denn in dich gefahren?", fragte
Khaled.

„Abu Bakar. Die Yacht. Die Aufnahmen aus Foko.
Die Nacht, als die Entführer am Strand ankamen!"

„Ja, was ist damit?"

„Was hast du da gesagt?"

„Lieber Gott. Halt. Der Sack schien mir zu leicht. Da kann nur einer drin sein. Am Schiff konnte man es nicht richtig sehen!"

„Genau. Jetzt wissen wir, es war Alexos. Pavlos war nie hier und vermutlich auch nie in dem Sack!" Angelos schlug sich gegen die Stirn.

„Und deswegen brauchten sie Alexos. Irgendjemand musste in den Sack!"

„Dann hätten sie auch einen ihrer Leute nehmen können", warf Khaled ein.

Angelos schüttelte den Kopf.

„Nein. Für den Austausch brauchten sie einen Jungen, der Pavlos ähnlich sieht. Gleiche Größe, gleiche Statur, Blondes Haar!"

„Sie schauen sich sehr ähnlich. Stimmt. Oder besser gesagt: sie schauten sich ähnlich! Und weiter?"

„Vor der Geldübergabe hätten wir es nicht bemerkt, das Geld wäre weg gewesen. Lektion bei Entführungen?"

„Es gibt keinen Austausch wie im Fernsehen. Man muss immer im Voraus zahlen und dann hoffen, dass sich die Entführer daranhalten", sagte Khaled.

„Und für das Video hatten sie ja das Original: Pavlos!"

„Also hätten sie Alexos ohnehin erschossen, oder?", fragte Khaled.

Angelos nickte.

„Aber das ist jetzt nicht wichtig. Klingt blöd, aber: wenn Pavlos nicht in dem Sack war, bedeutet dies …"

„ … er wurde nie von Bord geschafft", fügte Khaled hinzu.

„Und das ist genial: wo sucht man garantiert nicht? In direkter Nähe des Entführungsortes. Und noch eines: sie haben sich keine Mühe gegeben, das Verladen des Sacks schnell und unauffällig durchzuführen. Also ich hätte für die zwei Minuten die Festbeleuchtung ausgeschaltet. Sie hatten bestimmt einen Plan des Schiffs und hätten gewusst, wo der Sicherungskasten ist. Aber sie wollten es absichtlich nicht", sagte Angelos.

„Aber wo ist das Schiff jetzt?", fragte Khaled.

„Finde es im Netz heraus. Ich vermute zwischen Santorini und Rhodos! Ich muss fahren. Ich brauche Migiakis, um an das Schiff heranzu-kommen!"

Angelos fuhr mit quietschenden Reifen los. Khaled hatte zu tun, damit das Notebook in den Steilkurven nicht quer durchs Auto flog.

Dann brummte auch noch das Handy.

Khaled ging ran. Abu Bakar.

„Angelos? Ah, Khaled. Hör zu. Ich weiß, wo Pavlos ist. Der Herr war sehr kooperativ!", sagte Abu Bakar.

„Pavlos ist auf der ‚Aegean Queen'. Das wissen wir schon", sagte Khaled eine Spur zu gelangweilt. Stille.

„Mist. Jetzt ist er mir wieder einen Schritt voraus", sagte Abu Bakar und legte auf.

„Das war jetzt nicht nett", meinte Angelos.

„Das macht gar nichts, wenn der Pfau seine Federn einklappen muss. Sonst glaubt der noch, er hätte den Fall alleine gelöst", sagte Khaled.

„Was ihm fast gelungen wäre. Ohne ihn …"

Zuhause stürmte Angelos in die Küche.
„Antonis! Nur zuhören! Pavlos ist wahrscheinlich noch auf dem Schiff. Ich brauche ein Boot der Marine. Aber etwas Größeres. Sie müssen die ‚Aegean Queen' in unseren Hafen hier zwingen! Ich bin mir sicher, er lebt noch!"
Der Satz reichte. Migiakis stürmte zu seinem Handy, das im Untergeschoss lag.
„Du bist dir sicher? Das war eine gewagte Behauptung. Hoffentlich bereust du sie nicht", sagte Khaled leise.
Angelos ging zum Fenster und sagte:
„Alex hatte recht!"
„Alex? Entschuldige, aber Alex ist tot", sagte Khaled.
Nein, nicht für mich.

Ägäis, Aegean Queen

Volle Kraft voraus", befahl der Kapitän.
„Wir kommen viel zu früh an. Das Pier ist noch gar nicht frei. Der Hafenmeister in Piräus wird uns nicht einlaufen lassen", gab der Erste Offizier zu bedenken.
„Lassen Sie das meine Sorge sein", blaffte der Kapitän zurück.
Plötzlich knarzte es aus dem Funk.

„Hier spricht Admiral Papapostolou von der Fregatte Psara. Auf Anordnung des Verteidigungsministers haben Sie Ihre Route zu verlassen und unverzüglich den Hafen in Mykonos anzulaufen! Bitte bestätigen!"

„Ja, natürlich. Und ich bin Apollo auf dem Weg nach Olympia. Spar dir gefälligst deine blöden Scherze, Idiot", bellte der Kapitän ins Mikro.

Kurz darauf hörte man lautes Knallen, direkt über der Brücke.

In dem Moment begriff der Erste Offizier, dass der Kapitän einen folgenschweren Fehler begangen hatte. Der hatte zwar mit dem Fernglas Ausschau gehalten, aber nicht aufs Radar geachtet.

„Was zum Teufel war das?", fragte der Kapitän.

Die Antwort kam aus dem Funkgerät.

„Das war der Idiot, der ein paar Leuchtraketen abgeschossen hat. Als nächstes schießen wir scharf!"

„Auf ein Kreuzfahrtschiff mit 2.000 Passagieren? Machen Sie sich nicht lächerlich", sagte der Kapitän.

Der Erste Offizier grinste. Das war's. Ab Mykonos bin ich der neue Kapitän dieses Schiffs. Und dieser unfähige Trottel soll mit der Fähre nach Piräus fahren.

„Wir feuern auf Ihre Schiffsschraube. Das freut Ihre Reederei bestimmt. Aber das kann Ihnen ja egal sein, denn Sie sitzen dann schon im heißesten Marinegefängnis, das ich finde. Und ich werde gründlich suchen!"

Stille.

„Abdrehen nach Westen. Direkt zuhalten auf Mykonos. Sie haben dreißig Sekunden! Ausführung und bestätigen!"

Noch kämpfte der Kapitän mit sich. Was soll der Mist? Dann aber gab er nach.

„Kurs auf Mykonos", brummte er.

Ihm schwante, dass mindestens seine Karriere beendet war. Mykonos. Ausgerechnet.

Daran ist bestimmt dieses Arschloch von Kommissar schuld.

# 41

Reza saß in seiner Kabine und schaute den dritten Porno des Tages. Er stellte sich vor, wie wohl die Mullahs reagieren würden, wenn ein Hotel in Teheran „Unterhaltungsfilme" anbieten würde. Das Geschehen fesselte ihn so sehr, dass er die Meldung seiner Sinne zunächst ignorierte.

Es dauerte eine Minute, bis er es bemerkte. Er schloss seine Hose und ging zum Bullauge.

Was geht hier vor?

Er schaltete um auf den Kanal, der die aktuellen Fahrdaten lieferte – ähnlich wie im Flugzeug. Kurs West? Als das Bild wechselte und die Karte anzeigte, traf ihn fast der Schlag.

Die „Aegean Queen" fuhr nach Mykonos.

Warum? Sie sollten auf dem Weg nach Piräus sein. Den Zerstörer direkt hinter dem Kreuzfahrtschiff konnte Reza nicht sehen.

Dann hörte er eine Durchsage:

„Meine sehr verehrten Damen und Herren, liebe Gäste, hier spricht der Erste Offizier. Sicherlich haben Sie vorhin den Knall gehört. Im Schaltpult für das Abschlussfeuerwerk hat es einen Kurzschluss gegeben. Zur Überprüfung müssen wir aus Sicherheitsgründen den nächsten Hafen ansteuern und dies ist Mykonos. Ich weiß: da waren wir schon, aber es wird nicht lange dauern. Wer das Kriegsschiff hinter uns gesehen hat: keine Sorge, wir werden nicht versenkt – das Schiff ist auf dem Weg zu einem Manöver und auf gleichem Kurs. Wir bitten Sie um Verständnis. Danke!"

Reza hingegen hatte kein Verständnis. Ihm schwante Böses. Er wusste von dem Desaster auf der Insel, weil ihm der Angriff noch gemeldet werden konnte. Aber offensichtlich hatte niemand überlebt. Erreichen konnte er keinen seiner Männer.

Auch gut. Das eigentliche Paket ist ja noch sicher verstaut. Insofern war es sogar günstig, dass kein Mitwisser am Leben war. Schade war es nur um das Lösegeld. Es wäre ein guter Start in sein neues Leben gewesen.

Die Kursänderung bedeutet: sie wissen Bescheid. Ihm blieben noch 1 Stunde und 42 Minuten. Doch was tun?

Die Mission interessierte ihn nicht mehr. Wer weiß von meiner Rolle? Nur Ali, der den kleinen Stricher bewachte.

Reza rief Ali über das Handy an:

„Was macht das Paket?"

„Schläft. Er hat vor vier Stunden eine Spritze bekommen!"

Ketamin. Er wird noch etwas länger schlummern.

„Raum säubern und danach sofort zu mir hoch. Wir sind aufgeflogen", sagte Reza.

Goodbye Teheran.


# 42

Angelos und Khaled Nikakis und drei von Abu Bakars Männern standen am Pier, als der Erste Offizier die Gangway heruntergelaufen kam.

Er salutierte.

„Herr Kommissar, Kalimera. Äh, der Kapitän ist unpässlich und lässt sich entschuldigen!"

Vier Herren der Marine gingen an ihnen vorbei an Bord.

„Und ich befürchte, er wird gleich noch unpässlicher", sagte Angelos und grinste.

„Aber, Herr Kommissar, der Kapitän ist Zivilist", sagte der Erste Offizier. Das Wort „protestierte" wäre unpassend.

„Ja. Im Grunde müsste ich ihn festnehmen. Aber ich habe die Marine um Amtshilfe gebeten, weil wir keine freien Kapazitäten in der Haftanstalt haben – und sie haben freundlicherweise zugestimmt!"

Angelos lächelte.

„Darf ich – rein interessehalber – fragen, wie hoch die Kapazitäten sind?", fragte der Erste Offizier.

„Sie meinen die Zahl der Haftplätze? Gerne: Sollstärke 1. Iststärke Null, da das Gitter rostig ist!"

Angelos musste selbst lachen.

„Ich nehme an, der neue Kapitän sind jetzt Sie?"

„Ja. Und ich habe begriffen, wen man auf dieser Insel nicht ärgern darf!"

Und wem ich zu danken habe, dachte der Erste Offizier.

„So schlimm bin ich auch wieder nicht. Ich kann nur keine Schreihälse ausstehen. Gut, wir vermuten, dass einer der entführten Jungen noch auf dem Schiff ist!"

Der Offizier zog die Augenbraue hoch.

„Ist das so abwegig?", fragte Angelos.

„Nein. Es ist nur seltsam. Normalerweise heißt entführen doch …"

„Schöne, neue Welt!"

„Aber prinzipiell kann es durchaus sein. Sie sehen es ja. Genauso viel Platz wie in einem Hochhaus – und genauso viel Verstecke. Ich fahre seit drei Jahren auf der „Queen" und in manchen Sektionen war ich bis heute nicht. Theoretisch kann der Junge auch in einer der Kabinen sein. Manche Gäste bestehen auf eigenes House-keeping", sagte der Erste Offizier.

„Das passiert aber doch nur in den Luxuskabinen, oder?"

Der Erste Offizier nickte.

„Ähem", brummte einer von Abu Bakars Leuten, Abdelkarim.

„Der Chef meinte, wir sollten in der Versorgungs-sektion zuerst nachsehen. Zwischen den Kühlräumen und den normalen Lagern sind mehrere Räume, die unbenutzt sind. Die werden nur bei voller Belegung gebraucht!"

„Die wir gerade nicht haben, stimmt´s, Herr Kapitän?", fragte Angelos.

„Ja. Wir sind nur zu 75% belegt. Seit dem Klima-unsinn trauen sich manche Gäste nicht mehr, Fahrten zu buchen!"

Da war Angelos dezidiert anderer Meinung. Aber auf dem Schiff muss man ja den Abgasgestank des Schweröls nicht ertragen oder erleben, wie einen 500 Chinesen an die Wand drücken.

Angelos drehte sich zu Abdelkarim.

„Und woher weiß der Chef das alles?"

„Nun. Auf so einem Schiff sind manche Gäste Kunden." Leise fügte er hinzu: „Und nicht wenige!"

Genauso leise antwortete Angelos:

„Nicht zu vergessen die Mannschaft!"

„Nicht zu vergessen die Mannschaft", bestätigte Abdelkarim lächelnd.

# 43

Und ganz erstaunlich: die Herren Abdelkarim und Co. kannten sich hervorragend aus auf dem Schiff, was Angelos doch erstaunte.

„Wissen Sie, Kommissar, jetzt kann ich es ihnen ja sagen: diese Kreuzfahrtschiffe sind ein hervorragendes Transportmittel!"

Angelos grinste.

„Viele Häfen und viele Menschen an Bord – tolle Kombination für Drogenhändler!"

„Wir bevorzugen das Wort: Importeure!", sagte Abdelkarim.

Angelos lachte laut.

Dann hielt Abdelkarim den Finger ans Ohr.

„Was? Sektion 4. Raum 12? Und der Junge?"

Abdelkarim lächelte.

„Der Premier wird Luftsprünge machen. Sie haben ihn gefunden. Er schläft, wahrscheinlich Drogen. Gefährliches Zeug!", sagte Abdelkarim mit verschmitztem Lächeln.

Der Mann hat meinen Humor, dachte Angelos.

„Khaled! Was meinst du? Sollen wir Migiakis nicht holen? Der Junge freut sich bestimmt, wenn er ihn beim Aufwachen sieht!"

„Bestimmt. Ich hole ihn. Das Gesicht will ich sehen, wenn ich es ihm sage!"

Doch Pavlos wachte auf, bevor Antonis Migiakis, eintraf.

„Lasst mich mit ihm allein, bitte", sagte Angelos zu Abdelkarim und seinen Männern. „Und danke! Sagt Abu, ich melde mich!"

„Ja, Chef", antwortete Abdelkarim und grinste.

Natürlich begriff Pavlos nicht ansatzweise, wo er war und was ihn dorthin gebracht hatte.

Natürlich vernebelte ihn das Ketamin zusätzlich.

Natürlich erschrak er, als er die Umgebung wahrnahm.

„Ruhig, Pavlos. Du bist in Sicherheit. Antonis wird bald hier sein", sagte Angelos mit beruhigender Stimme.

Dann erkannte Pavlos ihn.

„Sie sind doch der Bürgermeister von Mykonos. Ich kenne Sie vom Fernsehen. Und Antonis meinte, Sie sind die größte Nervensäge Griechenlands. Aber er mag Sie!"

Angelos grinste.

„Dann bin ich ja beruhigt!"

„Sie sind doch auch schwul, oder?", fragte Pavlos.

„Ja. Warum?"

„Könnten Sie mich bitte in den Arm nehmen?"

„Na klar! Komm her!"

„Sie sind … ein schöner Mann!"

Und Pavlos krallte seine Finger in Angelos´ Rücken.

Hoffentlich kommen jetzt nicht Khaled und Antonis rein, dachte Angelos, während Pavlos schluchzte.

Armer Kerl.

Und dann hörte Angelos eine Stimme.

„Das gibt´s doch nicht! Gibt´s jemand, der meinem Mann nicht an die Wäsche will?", fragte Khaled und lächelte breit.

„Hättest du lieber einen hässlichen?", antwortete Angelos, stand auf und küsste Khaled.

Dann kam Antonis – und die Herren Nikakis verließen den Raum.

# 44

Angelos und Khaled saßen an der Uferpromenade im „Da Vinci" – ihrem Stammcafé. Schon mit Alex war Angelos immer hier, es war ein Ritual. Und es lag strategisch günstig. Direkt neben dem Rathaus, erledigte der Bürgermeister einen Teil der Amtsgeschäfte von hier – und brachte dann seinen acht Angestellten im Rathaus einen Becher Joghurt-Eis. Es war das beste Eis der Stadt. Auf dem Schild neben dem Café stand ein Schild „120% weniger Fett!". Geduldig versuchte Angelos Yannis, dem Besitzer, zu erklären, dass dies mathematisch unmöglich und daher Unsinn sei. Aber er gab es schnell auf und aß brav das Eis, das offensichtlich aus minus 20% Fett bestand.

„Glaubst du, er kommt?", fragte Khaled.
„Ja. Er weiß, dass er uns trauen kann", antwortete Angelos.
Es dauerte noch zehn Minuten, dann kam Abu Bakar aus der kleinen Gasse, die zum Hafen führte. Als er das Mavrogenous-Denkmal passierte, sah ihn Khaled.
„Da. Er kommt tatsächlich!"
Vor dem „Da Vinci" blieb Abu Bakar kurz stehen.
„Was macht er?", fragte Khaled.

„Es war sein Stammcafé, bevor ich ihn vertrieben habe", sagte Angelos.

Abu Bakar näherte sich dem Tisch der Herren Nikakis.

„Freut mich, dass du gekommen bist, Abu. Ich hoffe, du hattest keine Bedenken!", sagte Angelos.

Abu Bakar schüttelte den Kopf.

„Aber es ist ein seltsames Gefühl. Jahrelang konnte ich all das nur vom Meer aus sehen. Jetzt bin ich wieder hier. Aber das Eis zahlst du!"

„Gerne. Wir wollten uns bei dir bedanken. Auch im Namen von Migiakis. Du hast zwei Menschen glücklich gemacht!"

„Ich mache jeden Tag Menschen glücklich – mit meinen hochwertigen Produkten", meinte Abu Bakar und lachte laut.

„Du erinnerst dich an die Vereinbarung: in begrenzten Mengen, sauber und keine Zwischenfälle", mahnte Angelos.

„Natürlich. Und du kümmerst dich um dein Versprechen", sagte Abu Bakar.

„Du bist doch hier. Vollkommen unbehelligt", antwortete Angelos.

„Und das ist schön. Ich habe die Insel vermisst! Aber ich habe noch eine Zugabe für dich. Wir haben die Handys und die Bewegungsdaten der beiden Herren verfolgt, deren Namen du uns gegeben hast. Latsis ist unverdächtig. Aber bei Petropoulos, Migiakis´ Büroleiter, ist einiges höchst verdächtig. Sein normales Handy benutzt er fast nicht. Die OTE-Daten zeigen aber, dass er noch ein zweites bei sich hat. Die Signale sind nur ein paar Zentimeter voneinander entfernt", sagte Abu Bakar.

„Na ja. Viele haben ein zweites Handy!", wand Angelos ein.

„Ja, schon. Aber nicht mit einer libanesischen Prepaid-Karte!"

„Schau hin. Und die Bewegungsdaten?", fragte Angelos.

„Nun, der Herr hatte angeblich vor drei Tagen einen Termin in Brüssel. Er hat auch einen Flug gebucht. Nur: er ist dort nur umgestiegen und weitergeflogen! Möchtet ihr raten, wohin?"

„Zürich oder Luxemburg", vermutete Khaled. Abu Bakar lachte.

„Europäische Geographie ist nicht deine Stärke. Von Brüssel braucht man keinen Flug nach Luxemburg. Der Zug braucht keine Stunde!"

„Also Zürich", stellte Angelos fest. „Heißt entweder, er hat Geld geholt oder gebracht. Eher geholt. Leider wissen wir nicht von woher!"

„Wer sagt das?", fragte Abu Bakar lächelnd.

„Immer diese jugendliche Ungeduld!"

Angelos lachte.

„Du bist doch nicht viel älter als ich!"

„33. Steinalt", sagte Abu Bakar.

„Ich denke, es war in deinem Sinne, dass wir Herrn Petropoulos in Zürich begleitet haben!"

„Deine Tentakel reichen bis nach Zürich?", fragte Khaled sichtlich überrascht.

„Import und Export kennen keine Grenzen!"

„Und darüber sind wir sehr froh", sagte Angelos.

„Verrätst du uns noch, was der Herr in Zürich getrieben hat?"

„Was wohl. Er hat eine Privatbank aufgesucht.

‚Sprüngli & Partner!'"

„Klingt eher nach Schokolade", sagte Khaled.

„Aber das Gute ist: ich habe selbst ein Konto bei dieser Bank", bemerkte Abu Bakar grinsend.

„Was uns auch nicht hilft. Kein Schweizer Banker rückt freiwillig etwas raus", stellte Angelos fest.

Abu Bakar lächelte.

„Ich glaube, ich liege wieder eine Nasenlänge voraus. Im Grunde hast du ja Recht. Schweizer Banker sind so geschwätzig wie ein Stück Holz. Außer …"

„Außer was?", fragte Angelos.

„Außer sie bekommen eine CD, auf der ein Film zu sehen ist, in denen eine Nagelpistole und eine Wagenpresse zu sehen ist", sagte Abu Bakar.

Angelos lachte laut los.

„Wie charmant. Ich bin mir sicher, diesen Film schaut Herr Sprüngli nicht bis zum Ende!"

„Gesetzt den Fall, Petropoulos´ Kontobewegungen sind auffällig – wie passen die Teile zusammen?", fragte Abu Bakar.

„Es ging bei der Entführung nie um Pavlos oder Geld. Man hatte nur eines im Sinn: Migiakis möglichst von Athen und vom Regieren fernzuhalten. Und er hat sich ja tatsächlich für nichts anderes interessiert, was ich auch voll verstehen kann. In der Zeit wollte man alle Weichen in Richtung Gas-Pipeline über das Schwarze Meer stellen. Ich nehme an, auch mit den Geldern aus Zürich. Stimmen kaufen für das Projekt, für einen vorzeitigen Beschluss. Der Vize-Premier ist ein Idiot, der eigentliche Macher ist Petropoulos. Die andere Variante über die Türkei ist eine Schimäre. Teheran traut Erdogan nicht über den Weg. Es hing alles davon ab, Migiakis lange genug zu beschäftigen – was auch gelungen wäre, wenn wir nicht schneller gewesen wären.

Aber ohne dich wären wir nicht annähernd so flink gewesen. Und dafür danke ich dir", sagte Angelos.

# 45

Geheimdienstchef Amiri hatte einen stressigen Tag hinter sich. Er musste alle Register ziehen, um sich selbst aus der Schusslinie zu bringen. Gott sei Dank hatte er rechtzeitig die Kurve bekommen und die Verantwortung weitergereicht.

Gespür. Grundvoraussetzung für jeden Geheimdienstler. Und politisches Gespür.

Aber es war knapp, denn die Regierung hatte größte Hoffnungen in das Projekt gesetzt. Und nicht nur das: auch der finanzielle Schaden war riesig. Von einem weiteren Umstand hatte man

zum Glück noch keine Ahnung.

Und dabei sollte es auch bleiben, dachte Amiri.

Das einzige Vergnügen würde das nun folgende Gespräch werden. Das Filetieren dieses Emporkömmlings Alipour.

Die im Stundentakt eintreffenden Rückschläge hatten dessen Demut sicherlich befördert.

„Er ist da", quäkte es aus dem Lautsprecher.

Herein kam ein Mann, dessen Selbstsicherheit von Stufe zehn auf höchstens zwei gefallen war. Und der Angst hatte.

„Na, Alipour. Das lief wohl komplett schief", sagte Amiri.

Alipour sagte nichts.

„Es ist ja nicht so, dass ich dich nicht gewarnt hätte. Du hast die Gefahren unterschätzt und meine Warnungen nicht ernstgenommen!"

„Aber ich …", begann Alipour, kam aber nicht weiter.

„KLAPPE! Du hast den Kommissar vor Ort unterschätzt. Wusstest nicht über dessen Verbindungen zu diesem Abschaum Abu Bakar!"

„Ich glaube nicht, dass irgendjemand eine Ahnung hatte von dessen Möglichkeiten!", versucht Alipour sich zu rechtfertigen.

„Du wirst dafür bezahlt, so etwas zu wissen oder zumindest Gegenmaßnahmen zu ergreifen!"

„Hätte ich die Drohnen abschießen lassen sollen? Oder mit zwei Glock ein Kriegsschiff entern können?"

Amiri lächelte wie ein gefräßiges Krokodil.

„Dir ist ALLES entglitten. Das neueste Desaster zeige ich dir gerne!"

Amiri drehte das Notebook und drückte eine Taste. Er hasste zwar Computer, aber für diesen Zweck war er sehr hilfreich. Seine Sekretärin hatte die Taste mit einem Klebepunkt versehen, damit der Effekt der gewünschte war. Showtime.

„Erkennst du diesen Herrn?", fragte Amiri.

Alipour rückte näher heran. Oh Mist.

„Das ist Reza", sagte er leise.

„Ja. Und jetzt schau auf das Schild, das an dem Gebäude hängt, das Reza betritt!"

Botschaft der Vereinigten Staaten.

Alipour begann zu frieren.

„Ein VEVAK-Agent, der sich aus dem Staub macht und den Amerikanern viele Geschichten erzählen wird!", sagte Amiri.

Deswegen scheiterte jeder Kontaktversuch. Das Schwein war schlicht abgehauen, um seine Haut zu retten.

„Zumindest das hätte man verhindern können. Ich hätte Reza beschatten lassen. Aber ich war ja nicht Leiter der Operation!"

Alipour hatte es die Sprache verschlagen.

Amiri genoss die Stille. Jegliche Aufschneiderei war von Alipour gewichen.

Emporkömmling aus diesen primitiven Revolutionsgarden, dachte Amiri.

„Und wie sieht meine Zukunft aus?", fragte Alipour.

Amiri lächelte.

„Zukunft? Du hast keine mehr!"

# 46

Petropoulos alias Kouros war auf dem Weg nach Hause. Erschöpft, aber sehr zufrieden mit sich. Seine Stimmbänder waren angegriffen, so sehr hatte er von früh bis Abend geredet, überzeugt oder gedroht.

Und auch sein Scheckbuch hatte sich geleert. Gott sei Dank war dank seiner Reise nach Zürich genug da. Er hatte das Geld vor Ort in Diamanten umgewechselt, die mittlerweile bevorzugte Währung unter Kriminellen und Politikern.

Woran liegt es, dass bei uns alle in die eigene Tasche wirtschaften, fragte sich Petropoulos, ohne die Erkenntnis, dass er heute selbst dazu beigetragen hatte und dies in enormem Maße.

Er schob – wie alle Griechen – alles auf die 300-jährige Besatzung durch die Osmanen.

Petropoulos hatte große Fortschritte erzielt. Zwei Oppositionsparteien signalisierten ihre Zustimmung, auch zur vorgezogenen Abstimmung.

Er sah auf sein Handy – das libanesische. Mehrere Anrufe. Das war bestimmt Teheran, aber Petropoulos hatte keine Lust. Auch ich brauche irgendwann eine Pause.

Er fuhr mit dem Aufzug hoch in sein Loft und öffnete die Türe. Er stellte seine Tasche auf den Tisch und goss sich einen doppelten Ouzo ein.

Er öffnete die Türe zur Terrasse – und ließ das Glas fallen.

Ein Mann saß in seinem Sonnenstuhl. Mit Cap und Sonnenbrille.

„Wer sind Sie? Verschwinden Sie oder ich rufe die Polizei!", sagte Petropoulos laut.

„Die ist schon da", antwortete der Mann und nahm Kappe und Brille ab.

Petropoulos bekam eine Gänsehaut.

Nikakis. Migiakis´ Freund. Keiner wusste, warum der Premierminister und der Kommissar/Bürgermeister so eng verbandelt waren. Petropoulos war einmal anwesend, als beide miteinander telefonierten. Der Ablauf war schnell geschildert: Frotzeleien zu Beginn, dann Gebrüll und am Ende bekam Nikakis das, was er wollte.

Neuer Flughafen, neuer Hafen, neue Kläranlage – auf anderen Inseln rumorte es gewaltig.

„Ein erfolgreicher Tag, Kouros? Das ist doch Ihr neuer Name, oder?", fragte Nikakis.

„Was wollen Sie?"

„Warum so unfreundlich? Sie hatten doch sehr erfreuliche Gespräche. Sie müssten zufrieden sein – und Teheran", sagte Angelos.

Das war´s, dachte Petropoulos.

„Kein schlechter Plan, mit vielen Verästelungen, er hätte funktionieren können. Woher wussten Sie von Migiakis´ neuer Liebe?"

„Ich bin sein Privatsekretär. Er war vollkommen verändert, also habe ich ihn überwachen lassen. Und seine Schäferstündchen filmen lassen", sagte Petropoulos.

„Und? Hat er gegen Gesetze verstoßen, weil er mit einem Mann geschlafen hat?", fragte Angelos.

„Ein Premierminister ist etwas anderes als ein Insel-Kommissar!"

„Wahrscheinlich. Nur sind die Videos sowohl bei Ihnen als auch beim EYP gelöscht. Wissen Sie, die Verschlüsselung ist wirklich lausig!"

Tatsächlich war es in diesem Falle nicht Abu Bakar, sondern die israelische Einheit, die auch durch das iranische Atomprogramm hindurchspaziert ist, die auf Angelos´ Bitte tätig geworden war.

„Ich mag keine Verräter", sagte Angelos.

„Ich bin Politiker!", gab Petropoulos zurück.

Angelos ging darauf nicht ein.

„Ein Verräter hat meinen ersten Mann ermordet. Es ist die niedrigste Stufe von Leben. Irgendwo unter Kröte und Lurch!"

„Sie haben keinerlei Beweise!", versuchte Petropoulos sich zu rechtfertigen.

Angelos lächelte und zauberte einige Papiere aus einem Kuvert, das auf dem Tisch lag.

„Hier hätten wir ein Foto von Ihrem Besuch in Zürich. Natürlich haben wir auch die Kontoauszüge", sagte Angelos.

Jetzt du, du Arschloch.

„Und den Gesprächsnachweis Ihres libanesischen Handys!"

„Das reicht nicht für eine Verurteilung", sagte Petropoulos.

„Möglich. Dennoch werden Sie in Athen keine Rolle mehr spielen", meinte Angelos.

„Was wollen Sie dann tun? Mich erschießen? Man hört, dass so mancher Verdächtiger auf Mykonos den Gerichtssaal nie erreicht", sagte Petropoulos.

„Tragische Selbstmorde und Unfälle. Und nein. Ich werde Sie nicht erschießen. Ich bin doch kein Killer. Obwohl ich gute Lust hätte. Der zweite

Junge hatte sein ganzes Leben noch vor sich. Der Mörder sind Sie. Aber Leute wie Sie machen sich ungerne die Hände schmutzig. Das übernehmen Lakaien", sagte Angelos mit scharfer Stimme.

„Das war alles Teheran. Damit hatte ich nichts zu tun. Ich sollte nur hier meinen Teil erfüllen", sagte Petropoulos.

„Sage ich doch. Schuld sind immer andere!"

„Sie wollen mich also verhaften. Aber Sie sind hier nicht zuständig", wehrte sich Petropoulos.

„Ich will gar nichts", sagte Angelos.

Petropoulos entspannte sich. Ich komme doch noch aus dieser Nummer raus, dachte.

„Aber ich vermute, dass Teheran nicht sehr erfreut ist, vor allem wenn sie zufällig Ihr Privatkonto auf Guernsey entdecken!"

„Ich habe kein Konto auf Guernsey!", protestierte Petropoulos.

„Seltsam. Hier ist ein Auszug!"

Petropoulos schaute auf das Blatt.

„Das ist eine Fälschung!"

„Ja, sicher. Aber Teheran wird es glauben. Und Sie wissen das. Sie werden sich keine Minute mehr sicher fühlen und irgendwann einen Unfall haben oder Selbstmord begehen. Darin ist der VEVAK Weltmeister. Suizide, die keine sind. Aber genießen Sie bis dahin Ihr Leben", sagte Angelos und verließ die Wohnung.

## 47

Angelos ging in die Küche.
Eleni, die frühere Köchin des Milliardärs Karapatis, war hocherfreut, als Angelos sie gefragt hatte, ob sie bei ihm ein größeres Essen ausrichten könne und wolle.

Kochen war ihre Leidenschaft und Eleni war dankbar für jede Gelegenheit, ihr Können präsentieren zu können.

Die ganze Küche stand voller Schüsseln und es roch köstlich.

„Wie wär´s mit einem Küsschen?", fragte Angelos.

„Ich dachte, Herr Bürgermeister mag keine Frauen?", fragte Eleni grinsend.

„Stimmt nicht. Sie müssen nur bekleidet sein", antwortete Angelos.

„Mit Burka?", fragte Eleni.

„Gute Idee. Nur damit kocht es sich schlecht. Ich bin dir sehr dankbar!"

„Das mach ich doch gerne. Dank Ihnen kann ich meine Rente etwas aufbessern", sagte Eleni.

„Und jetzt raus aus meiner Küche. Sie müssen sich um die Gäste kümmern!"

Prompt ertönte der Gong an der Türe.

„Abu! Du kommst doch. Freut mich. Ich hoffe, dein Geschenk ist keine Nagelpistole", sagte Angelos.

„Nein. Drei Flaschen Pétrus. Ganz harmlos. Den Hubschrauber habe ich am Flughafen geparkt. Ich dachte, wenn ich hier lande, fliegt das Dinner durch den Garten!"

„Sehr vernünftig", antwortete Angelos.

„Du hältst das hier für eine gute Idee?", fragte Abu Bakar.

„Einige Leute stehen in deiner Schuld. Und das sollen sie dir auch sagen. Nur mit Details aus deiner Mitarbeiterführung solltest du vielleicht sparsam umgehen", sagte Angelos grinsend.

„Ich hätte nie gedacht, dass ich einmal Gast bei einem Abendessen bin, bei dem ein Kommissar, eine Königliche Hoheit und ein Premierminister anwesend sind. Schöne, neue Welt!"

Angelos brachte Abu Bakar hinaus zur Terrasse.

„Darf ich vorstellen: der König des Drogenhandels in der Ägäis. Und derjenige, ohne den wir wahrscheinlich nichts erreicht hätten: Abu Bakar!"

Migiakis stand auf und drückte Abu Bakar die Hand.

„Danke für Ihre Hilfe. Lassen Sie uns heute feiern und alles andere vergessen!"

„Deswegen bin ich hier. Einen erfolgreichen Geschäftsabschluss feiert man. Auch wenn ich der einzige Hetero bin. Fünf Schwule und ich. Das macht mir am meisten Sorgen", meinte Abu Bakar und lachte laut.

„Sag mal, Abu, du versprichst mir aber, dass du nie mehr auf meinen Mann schießt. Weder mit Kugeln noch mit Nägeln", sagte Khaled.

Abu Bakar lachte.

„Wenn Angelos sein Versprechen hält, geschieht niemandem etwas. Und ich habe keinen Zweifel daran, dass er seinen Teil der Vereinbarung einhält!"

Khaled hatte schon zwei Gläser Wein und wurde, sagen wir, entspannter.

„Du, Abu, ist das Leben an Bord einer Yacht nicht auf Dauer nervig? Keine Frage, sie ist eine der schönsten überhaupt. Aber ein Haus ist doch etwas anderes! Schau dir unseren Palast an. Reizt dich das nicht?"

Abu Bakar schaute Angelos an.

„Er weiß es nicht?"

Angelos schüttelte den Kopf.

„Es spielt doch auch keine Rolle. Er hat sich so gefreut!"

„Was spielt keine Rolle?", fragte Khaled irritiert.

„Khaled, natürlich gefällt mir euer Palast. Es war früher einmal meiner", sagte Abu Bakar.

„WAAAS?"

„Ja. Leider hat dein Mann mich aber von der Insel vertrieben. Verkaufen war nicht mehr möglich. Um etwas Geld von der Versicherung zu bekommen, wollte ich es abfackeln. Hat nicht ganz funktioniert. Gott sei Dank - für euch. Der beschädigte Teil wurde wieder aufgebaut. Aber ich bin nicht der sesshafte Typ. Hinzukommt, dass es durchaus vorkommt, dass nervige Kommissare mich belästigen", sagte Abu Bakar.

Alle lachten – außer Khaled.

„Wurde in dem Haus auch …äh …"

„ … die Nagelpistole benutzt? Mitunter, ja. Aber im Keller und der Teil ist abgebrannt. Es schwirren also vermutlich keine Toten herum", meinte Abu Bakar und lachte.

„Wann wolltest du mir das sagen?", fragte Khaled Angelos.

„Nie. Außerdem hast du beim Anblick des Hauses so gestrahlt. Ich wusste, du wolltest es. So what? Spielt es eine Rolle?", sagte Angelos.

Khaled schüttelte den Kopf.

„Nein. Ich bin hier glücklich!"

„Dann habe ich beim Bau doch einiges richtig gemacht", meinte Abu Bakar und lächelte.

„Also trinken wir auf ein friedliches Mykonos und auf die Liebe!", sagte Abu Bakar und sah Antonis und Pavlos an.

„Und Pavlos, wenn dir der alte Mann auf die Nerven geht, kommst du zu mir. Ich bringe ihn dann wieder auf Linie", meinte Angelos und lachte.

„Danke für das Angebot", antwortete Pavlos.

„Das habe ich befürchtet", knurrte Antonis.

„Keine Angst, Antonis. Ich passe schon auf meinen Mann auf", sagte Khaled und küsste Angelos.

„Ja, aber dieser Saukerl versprüht irgendwelche geheimen Pheromone und verdreht allen den Kopf. Du müsstest das doch wissen", knurrte Antonis.

„Er ist halt schön, klug und witzig. Hab ich etwas vergessen?", fragte Khaled und bekam einen Klaps auf den Hinterkopf.

„Außerdem glaubt jeder, das Schönste an ihm wäre das Gesicht. Mitnichten! Es ist sein Schwanz", sagte Khaled und Angelos hustete den Espresso über den Tisch.

„Er kann sogar Kunststückchen damit vollbringen, zum Beispiel …"

Weiter kam Khaled nicht, denn Angelos hielt ihm den Mund zu.

„Seine Hoheit verträgt keinen Wein", sagte er zu den anderen. Dann flüsterte er Khaled ins Ohr.

„Wenn du nicht sofort die Klappe hältst, schlafe ich die nächsten zwei Wochen bei Gabriel!"
Khaled zog eine Schnute. Süß, dachte Angelos.
„Ich darf die Geschichte mit dem Dildo nicht erzählen?", fragte Khaled leise.
„Nein, ansonsten leihe ich mir die Nagelpistole aus! Und hör auf zu trinken!"
„Und was sind das jetzt für Kunststückchen? Bekommen wir sie zu sehen?", fragte Pavlos und erntete einen strengen Blick von Antonis.
„Du wirst Pavlos gar nichts zeigen, Angelos!", sagte Antonis.
„Hatte ich auch nicht vor!"

Es war ein vergnüglicher Abend.

Am Ende des Abends ging Angelos zu Alex´ Grab im hinteren Teil des Gartens.
„Danke, Alex", flüsterte Angelos.
„Gern geschehen, mein Schöner. Stets zu Diensten!"
„Ich liebe noch immer zwei Männer.
Khaled und dich", sagte Angelos und ging zurück zum Haus.

# 48

Ich hoffe, wir müssen unser Gästezimmer nicht renovieren, wenn unser neues Paar heute Nacht die verlorene Woche nachvö… äh, nacharbeiten", sagte Khaled.

„Und wenn? Wir haben noch immer gefühlt 90 Zimmer", sagte Angelos.

„Nun gib endlich zu, dass der ‚Palast' dir auch gefällt. Und die Yacht hat uns gute Dienste geleistet. Ich glaube sogar, Abu war ein wenig beeindruckt!"

„Stimmt. Und ja, ich gebe es zu. Unser Haus gefällt mir, einschließlich des Pools. Und die Yacht war auch hilfreich. Besonders gefällt mir aber mein Ehemann", sagte Angelos und rollte zu Khaled hinüber.

„Danke für deine Hilfe", flüsterte er.

„Und was bekomme ich dafür?", fragte Khaled grinsend.

„Ah, Königliche Hoheit hat sich bei Abu Bakar Geschäftspraktiken abgeschaut", sagte Angelos grinsend.

„Ist eine Ehe nicht eine Art Deal?"

„Wenn das heißt: beide geben alles, ja", antwortete Angelos.

„Äh, ich hätte einen Plan", fügte er hinzu. Khaled verdrehte die Augen.

„Und schon fällt meine Erektion zusammen!"

„Das repariere ich gleich", sagte Angelos.

„Gut. Anfang Januar fängt Gabriel im Rathaus an. Ich hätte eine kleine Wohnung für ihn, ebenerdig, mit breiten Türen. Ich weiß nicht, ob er schon weit genug ist, aber irgendwann muss er auf eigenen Bei .., nein, das klingt jetzt blöd, du weißt schon. Dann haben wir das Haus wieder für uns und du wirst ausgeglichener!"

Khaled beugte sich über Angelos und küsste ihn.

„Das ist noch zu früh. Warten wir drei Monate, bis er sich auf der Arbeit eingewöhnt hat. Und dann der nächste Schritt. Ich bleibe friedlich!"

„Manchmal überrascht du mich", sagte Angelos.

„Aber ich bin noch nicht fertig. Nach Neujahr machen wir den dritten Versuch, unsere Flitterwochen nachzuholen!"

„Vorbehaltlich einer geschredderten Leiche am Strand XY", sagte Khaled grinsend.

„Die könnte auch einmal eine Woche liegen-bleiben", meinte Angelos. „Wir müssen nur Mitte Februar zurücksein!"

„Wieso? Im Februar ist hier doch keine Menschenseele", sagte Khaled.

„Stimmt. Außer den Bewohnern! Und die feiern Karneval!"

„Karneval? So wie in Venedig?", fragte Khaled mit leuchtenden Augen. „Da war ich schon mal. Es war toll!"

„Ah, hattest du Sex in einer Gondel?", fragte Angelos.

„Nein, vor dir wusste ich nicht, was Sex ist!"

Angelos lächelte.

„Du arabische Komplimentmaschine!"

„Wer kann, der kann. Zumindest weiß ich schon, als was ich mich verkleide!"

„Als was?", fragte Angelos.

„Als Scheich, was sonst?"

„Davor machen wir unser privates Feuerwerk und zwar jetzt", sagte Angelos.

„Gondelfahrt gefällig?", fragte er.

„Aber mit ruppiger See, mein schöner Gondoliere", sagte Khaled.

„Zu Befehl, meine Königliche S/M-Hoheit!"

Band 19
Mykonos Crime
Carneval
erscheint vorauss. 28. Mai!

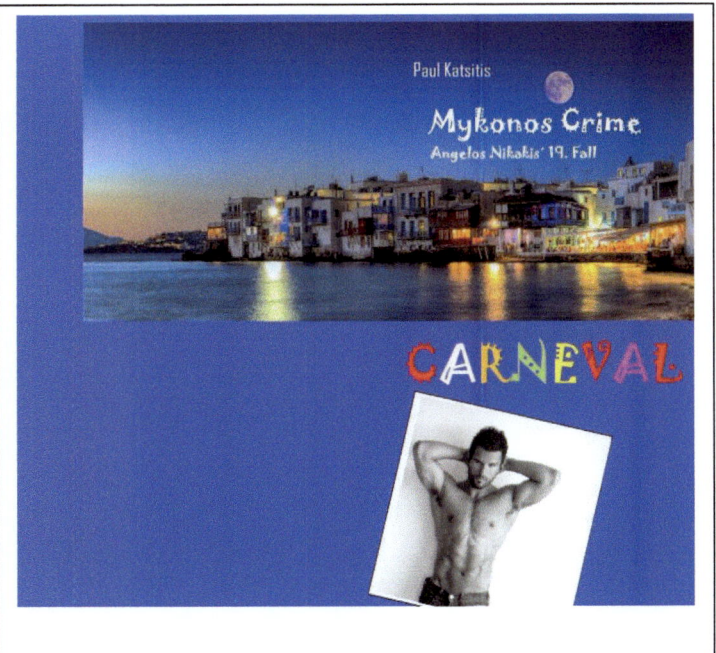

Carneval in Griechenland? Bestimmt nicht, denken viele. Von wegen: Rosenmontag ist einer der wichtigsten Feiertage. Doch auf Mykonos wird Carneval gestört: in der Nähe von Kalafati wird ein Motorradfahrer tot aufgefunden. Obwohl der Kopf abgetrennt wurde, gelingt es Kommissar Angelos Nikakis schnell, ihn zu identifizieren: das Opfer ist ein Emirati, Landsmann von Angelos´ Ehemann Khaled. Zufälle gibt es nicht, sagt Angelos immer – und leider behält er Recht.

## Paul Katsetis – Tödliche Libido 18

Auf einem Kreuzfahrtschiff wird ein 19-jähriger
Steward vermisst.
Kommissar Angelos Nikakis nimmt den Fall
zunächst nicht ernst. ‚Der Junge macht sich
auf Mykonos ein paar schöne Tage', denkt er.
Und es gibt keine Leiche.
Doch er täuscht sich. Eines Abends besucht
ihn der Premierminister, Antonis Migiakis, der
mit Angelos befreundet ist und gesteht, dass
der junge Pavlos sein heimlicher Liebhaber
war.
Kurz darauf melden sich die Entführer – und
die Forderungen haben es in sich. Angelos
muss den Jungen finden, sonst ist Migiakis
politisch erledigt.
Und zur Lösung des Falls braucht er die Hilfe
eines altbekannten Drogenbarons: Abu
Bakar.

## Paul Katsitis – Botschafter 17

Kommissar Angelos Nikakis und sein Partner Khaled retten ein Kind vor dem Ertrinken. Es ist zufällig der Sohn des israelischen Botschafters. Aus Dankbarkeit wird der Botschafter der Trauzeuge von Angelos und Khaled. Einen Tag später zerreißt eine Bombe dessen Wagen. Was zunächst nach einem Terrorakt aussieht, entpuppt sich als ein Geflecht aus Kunstdiebstahl, Verschwörung und Mord. Und Kommissar Nikakis muss tief in der Vergangenheit wühlen.

## Paul Katsitis – Spione 16

Ein russischer Überläufer soll über Mykonos in den Westen geschleust werden. Auf der Kykladen-Insel soll er sich in einer der zahlreichen Schönheits-kliniken eine gesichtsveränderte Operation unterziehen. Kommissar Angelos Nikakis soll den Agenten während des Aufenthaltes schützen. Kein größeres Problem, denkt er. Bis plötzlich drei Geheimdienste auf der Insel am Werke sind. Und sich letztlich Angelos´ Leben für immer verändert.

## Paul Katsitis – Khaled 15

Eine Explosion auf Delos töten einen Archäologen. Das erste Rätsel für Kommissar und Bürgermeister Angelos Nikakis. Das zweite Rätsel hingegen – wen er denn nun liebt – löst sich: er trennt sich von Alex und zieht zu Kronprinz Khaled. Doch zwei Tage später wird dieser von einem Attentäter niedergeschossen

### Paul Katsitis – Trauma 14

Chefermittler und Bürgermeister Angelos Nikakis glaubt es zunächst nicht: auf der trockenen Insel Mykonos soll ein Golfplatz errichtet werden. Als Nikakis den Investor trifft, glaubt er ihn zu kennen. Bevor er sich erinnert, ereignen sich zwei Morde. Angelos´ Ehemann Alex findet währenddessen heraus, woher Angelos den Investor kennt.
Bald geschieht ein dritter Mord. Und der Täter ist Alex.

### Paul Katsitis – Royals 13

Zehn Seemeilen entfernt von Mykonos wird ein großes Gasfeld entdeckt. Bürgermeister und Kommissar Angelos Nikakis greift zu allen (auch illegalen) Tricks, um Bohrtürme in der Ägäis zu verhindern.

Als dann eine Prinzessin des Emirats Katar während eines Besuchs auf Mykonos entführt wird, scheint es zunächst nicht so, als würde ein Zusammenhang bestehen. Wenige Tage später ist die Prinzessin tot – und Angelos Nikakis sitzt im Gefängnis.

### Paul Katsitis – Der Putsch 12

1967 putscht in Griechenland das Militär. Hellas und auch Mykonos ächzen unter der Diktatur. 52 Jahre später gibt es wieder einen Regierungswechsel in Athen. Doch die Ereignisse von damals werfen ihre späten Schatten.

Ein Flugzeugabsturz und Kommissar Angelos Nikakis sorgen dafür, dass es zu einem politischen Erdbeben kommt.

### Paul Katsitis – Glut 11

Der Alptraum aller Chora-Bewohner wird wahr. Ein Großbrand wütet in den engen Gassen der Stadt. Eine knifflige Aufgabe nicht nur für die Feuerwehr, sondern auch für Kommissar und Bürgermeister Angelos Nikakis. Denn in einem Haus findet man eine Leiche. Ein Brandopfer, denken viele. Doch sie wurde erschossen. Drei weitere Morde und der

Wiederaufbau lassen Angelos kaum Zeit Luft zu holen.

### Paul Katsitis – Abseits 10

Im Stadion von Mykonos wird die Leiche eines Mannes gefunden. Da der Mann Fan von Olympiakos Piräus war, geraten alle Anhänger des Konkurrenzvereins Panathinaikos Athen in Verdacht. Die Indizien lassen zunächst keine andere These zu und der Hass zwischen beiden Lagern ist tatsächlich so groß, dass auch ein Mord im Bereich des Möglichen liegt.
Doch als Kommissar Angelos Nikakis in die Welt der Spielerscouts eintaucht, stellt er fest, dass es um ganz andere Dinge ging: um Menschenhandel, Pädophilie und natürlich eine Menge Geld!

## Paul Katsitis – Sturm über Mykonos 9

### Paul Katsitis – Die Maske 8

Nach einem Banküberfall erschießt Alex einen der Räuber auf der Flucht. Da er ihn ohne Vorwarnung in den Rücken geschossen hat, steht er bald unter Anklage.
Im Schatten des Prozesses gelingt es einem neuen, besonders brutalen Drogenhändler, genannt „Máská",sein Netzwerk auszubauen. Und

er zögert auch nicht, als sich ihm die Gelegenheit bietet, Kommissar a.D. Angelos Nikakis aus dem Weg zu räumen.

## Paul Katsitis – Hass 7

Es ist ein besonderer Fall für die beiden Ermittler Alex und Angelos Nikakis. Die Leiche eines jungen Mannes wird in den Dünen gefunden. Am und im Körper des Toten findet sich die DNA von Angelos. Er wird verhaftet.

## Paul Katsitis – Skalpell 6

Am Strand von Ornos wird eine Frauenleiche gefunden. Es ist die Tochter des Bürgermeisters. Der Leiche fehlen Nieren und Leber.
Doch es geht bei der Mordserie nicht nur um Organe, wie die beiden Ermittler Alexandros und Angelos Nikakis bald feststellen. Es existiert ein komplexes Netzwerk, das verschiedene kriminelle Felder abdeckt, und so mancher Inselbewohner ist darin verstrickt.

## Paul Katsitis – Inzest 5

Ein Bräutigam, der sich am Tag der Hochzeit vom Balkon stürzt und eine Mädchenleiche in einer Wagenpresse. Zwei Fälle für die beiden Ex-Kommissare Alex und Angelos Nikakis Zwei Fälle, die sich nach und nach aufeinander zu bewegen.

## Paul Katsitis – Der-Drei-Sterne-Mord 4

Im besten Restaurant der Insel wird der Chefkoch, ehemals Leibkoch Gaddafis, mit durchschnittener Kehle aufgefunden. Ein schwieriger Fall für Alex und Angelos, zumal die eigene Familie mit beteiligt ist. Der Fall erfährt eine erstaunliche Wendung, als die beiden Ermittler erfahren, dass der britische Außenminister Mykonos besucht – auf dem Landsitz des griechischen Premierministers.

## Paul Katsitis – Tattoo 3

Zwei Highlights stehen auf dem Programm des Wochenendes: ein hochdotiertes Beachvolleyball-Turnier und die Eröffnung der ersten Spielbank auf der Insel.
Nicht ins Programm passen zwei Tote: ein 19-jähriger Junge und einer der Beachvolley-ballspieler. An dessen „natürlichem Tod" haben die Ermittler Alex und Angelos so ihre Zweifel.

## Paul Katsitis – Rache 2

Im Kloster Ano Mera auf Mykonos wird ein Priester tot aufgefunden, dessen Leiche übel zugerichtet ist. Es sieht nach einem Rachemord aus – doch wofür?

## Paul Katsitis – Die Bestie von Mykonos 1

Zwei Kriminalbeamte, Alexandros und Angelos, quittieren den Dienst und eröffnen gemeinsam auf Mykonos eine Bar. Nebenher betreiben sie eine kleine Privat-Detektei. Da die Polizei chronisch unterbesetzt ist, werden Alex und Angelos – wegen ihrer Erfahrung - regelmäßig hinzugezogen.
Mykonos ist in Aufruhr. Offensichtlich foltert, vergewaltigt und tötet ein Mann junge Touristen. Um ihn zu stellen, bleibt nichts anderes übrig, als dass Angelos den Lockvogel spielt – mit furchtbaren Konsequenzen ...

## MYKONOS LOVE STORY
Von Michael Markaris

„Die Mykonos Love Story 1-11" von Michael Markaris.
Kommissar Pandis hat mit 53 sein Coming-Out und verliebt sich in den 29-jährigen Angelos.

Bisher erschienen:
Mykonos Love Story 1
Mykonos Love Story 2 – Das goldene Ei
Mykonos Love Story 3 – Morgenröte über Mykonos
Mykonos Love Story 4 - Mykonos Speed
Mykonos Love Story 5 – Rape-Vergewaltigung
Mykonos Love Story 6 – Der rosa Leopard
Mykonos Love Story 7 – Rückkehr der Leoparden
Mykonos Love Story 8 – Crash!
Mykonos Love Story 9 – Der tote Pelikan
Mykonos Love Story 10 – Photia-Feuer
Mykonos Love Story 11 – Der tote Archäologe